동아시아의 문학코드

-동아시아의 시적언어와 마오둔의 작품세계-

동아시아의 문학코드
-동아시아의 시적언어와 마오둔의 작품세계-

초 판 인 쇄   2018년 03월 20일
초 판 발 행   2018년 03월 28일

지 은 이   고레나가 슌
감   역   김찬회
발 행 인   윤석현
발 행 처   도서출판 박문사
책 임 편 집   최인노
등 록 번 호   제2009-11호

우 편 주 소   서울시 도봉구 우이천로 353 성주빌딩 3층
대 표 전 화   02) 992 / 3253
전   송   02) 991 / 1285
홈 페 이 지   http://jnc.jncbms.co.kr
전 자 우 편   bakmunsa@hanmail.net

ⓒ 김찬회 2018 Printed in KOREA

ISBN 979-11-87425-86-1   93820   정가 18,000원

동아시아의 문학코드

-동아시아의 시적언어와 마오둔의 작품세계-

고레나가 슌(是永駿) 지음

김찬회 감역

박문사

목 차

프롤로그   7

01 _ 동아시아의 시적 언어   11

02 _ 망명지에서의 공동작품『무지개(虹)』의   49
      작품세계

03 _ 「수조행(水藻行)」의 작품세계   89

04 _ 동거녀 친더쥔 탐방록   109

05 _ 『상엽홍사이월화(霜葉紅似二月花)』속고(續稿)의 139
      집필 세계
      ―의식해방과 망명지 일본에서의 사상적 동요―

06 _ 항일전쟁기 작품『주상강위(走上崗位)』의 위상 179
　　—『단련(鍛鍊)』과의 비교를 통하여—

07 _ 마오둔(茅盾)문학의 환상과 현실　　205
　　—30년대 초기의 작품과『부식(腐蝕)』의 문체와 구조—

08 _ 번역언어와 시학　　255

에필로그　　265

참고문헌 / 273
찾아보기 / 276

프롤로그

　　중국 20세기 문학의 소설과 시, 두 장르에 대한 탐구 여행을 계속하던 중, 모더니즘 시의 동아시아에서의 공시적(共時的) 전개라고 할 수 있는 흥미로운 문학 공간에 이끌려, 나의 문학 연구는 통시적(通時的)인 복안적 시점과 공시적 시점을 동시에 겸비하게 되었다. 중국 현대소설에 대한 언어의 원류를 찾아보면, 18세기의 "홍루몽(紅樓夢)"에 이르러, 그 소설 언어의 코드는 바진(巴金)과 마오둔(茅盾)에게 계승되고, 특히 마오둔의 "상엽홍사이월화(霜葉紅似二月花)"의 화법(narrative)에 현저하게 나타나고 있다. 마오둔은 "사회(정치)"와 "성(性)"의 양면에서 터부와는 무관하고 당파와 관습적인 도덕과도 인연이 없는 작가로서 중국 사회의 정치와 성에 관한 카오스를 그렸다. 그는 국민당의 추적의 손을 피해, 1928년 7월부터 1930년 4월까지 1년 9개월 간, 일본에 망명하여 도쿄와 교토에서 생활했는데, 그 때 대동했던 여성인 친더쥔(秦德君)에게 소재를 얻어 장편소설 "무지개"를 완성했다. 밀란쿤데라(Milan Kundera)는 "소설이란 상상력이 꿈속에서도 동시에 폭발할 수 있는 장소다"라고 말하고 있다("소설의 정신"). 소설 언어에 관한 상상력은, 21세기 중국에서도 풍요로운 과실을 생산해 내고 있다고 할 수 있는데, 20세기 중국을 대표하는 루쉰(魯迅)·라오서(老舍)·선충원(沈從文) 등과 같은 작가와 함께 마오둔의 소설 언어도 탐색되어야 할 독창성을 갖추고 있다.

20세기의 시적 언어가 고전시의 시율로부터 현대의 구어 자유시로 크게 변모를 이룬 것은 보편적인 흐름이라 할 수 있다. 동아시아에서는 서구의 상징주의와 초현실주의가 수용되어, 1930-40년대에 일본에서는 모더니즘 시가 융성했고, 중국에서도 벤즈린(卞之琳)과 구엽파(九葉派)의 시인들이 모더니즘 시를 썼으며, 한국에서는 이상(李箱)이 30년대 초기에 첨예한 모더니즘 시를 발표했는데, 그는 1936년에 동경으로 건너간 다음 해에 비명의 죽음을 맞이했다. 일본에서 번역 출판된 "이상시집"(란명 편역)에 필자가 기고한 "이상에 관한 시점" 이란 글이 실려 있는데, 거기에서 다음과 같이 언급하고 있다.

> 필자가 평소에 중국 현대시를 대상으로 연구하고 있다는 한정된 공간 자체가 필자로 하여금 인식의 편협함을 이미 드러내고 있다고 할 수 있는데, 한국 현대시인인 이상을 접했을 때의 충격은 나의 인식의 편협함과 부족함을 비웃는 듯했다. 이와 같은 초현실적인 의식 공간을 자유자재로 이미지화하고 자신의 생과 죽음을 초월하여 이차원으로 돌진해 나가는 시인은 하나의 기적적이고 환상과 같은 윤곽의 빛을 발하면서 서울의 거리를, 동경의 거리를 끊임없이 방황하고 있다.

이상(李箱)의 동경에서의 죽음은 중국에 있어서의 모더니즘 시의 핍색(逼塞)과 중일 전면전쟁으로의 돌입 시기와 때를 같이 한다.

이번에 이처럼 필자의 연구가 한국에서 빛을 보게 된 것은 전적으로 김찬회 교수의 도움과 인연에 의한 것이다. 일본과 한국 양국 문화의 진수를 깊이 이해하고 있는 김 교수로부터 필자는 동아시아로 향한 보다 높은 차원의 의식이 촉발되었고, 평소에도 귀중한 조언을 해 주었다. 이에 깊이 감사의 뜻을 전함과 동시에 본서가 김 교수의 출판 취지와 한국의 연구자에게 조금이나마 부응했으면 하는 바람이다.

2017년 12월 25일
고레나가 슌(是永駿)

01

동아시아의 시적 언어

1) 일본에서의 중국 현대시 수용

먼저 20세기 중국 현대시의 흐름을 개략하여 설명하고자 한다. 20세기 중국문학은 민국(중화민국, 1912~1948년)시대, 루쉰(魯迅, Lu Xun, 1881~1936), 마오둔(茅盾, Mao Dun, 1896~1981) 등의 현대소설이 주축으로 전개됐지만, 현대시도 고전시가의 전통에서 탈피, 변화를 이루어 문학언어의 새로운 지평을 개척하였다. 문어에서 구어로의 전환이라는 표현 혁명은 고전시가의 엄격한 시율(詩律)에서 현대시의 시인 개개의 내적인 운율로의 변화라는 해체적인 변화를 가져왔다. 먼저 시작하였던 후스(胡適, Hu Shi, 1891~1962)는 신시(新詩, 고전시(오래된 시)와 대비하여 현대시를 〈신시〉라 불렀다)에 이르기까지 중국시는 세 번에 이르는 시체(詩體)의 해방[1]을 거쳐 왔지만, 신시는 모든 속박에서 벗어나는 네 번째만의 철저한 해방이다.(「담신시(談新詩)」, 민국8년, 1919년). 하지만 중국의 시가사(詩歌史)의 역사에 연면히 흐르는 정형(定型)의식은 명맥을 유지하고, 원이둬(聞一多, Wen Yiduo, 1899~1946), 쉬즈모(徐志摩, Xu Zhimo, 1897~1931), 주샹(朱湘, Zhu Xiang, 1904~1933), 허치팡(何其芳, He Qifang, 1912~1977) 등이 현대적인 운법(韻法), 시율을 추구한 현대격율시(現代格律詩, 구어정형시)는 소네트(Sonnet)와 함께 중국 현대시의 정형시로서의 지위를 구축하였다.

그렇지만 구어 자유시가 주류를 차지하며 일본에 이십여 년 늦게, 1910년대 말부터 30년대에 걸쳐서, 서양 근현대시의 모더니즘(모더니티[현대성]을 추구하는 경

---

1 『시경(詩経)』의 발라드 풍의 단시형태에서 초사(楚辞), 한부(漢賦)의 장편운문으로(第一次), 사부(辞賦)에서 오언칠언시로(第二次), 오언칠언시에서 사(詞)로(第三次).

향)의 시법(詩法)인 상징주의나 초현실주의, 사상파(写象派, 이미지즘) 등이 중국에 전파되었다. 20년대에는 리진파(李金发, Li Jinfa, 1900~1976) 등 프랑스나 일본에 간 유학생 중에 상징시를 쓰는 사람이 나타났고, 30년대에는 발레리(VALÉRY)와 친분을 맺은 리안종다이(梁宗岱, Liang Zongdai, 1903~1983)나, 마찬가지로 프랑스시의 영향을 받은 따이왕슈(戴望舒, Dai Wangshu, 1905~1950)가 등장한다. 이 시기의 대표적인 시인 벤즈린(卞之琳, Bian Zhilin, 1910~2000)은 시편(詩篇) 「물고기 화석(魚化石)」(36년)의 시상을 엘뤼아르(ELUARD)나 말라르메(MALLARMÉ)에게서 얻었음을 스스로 말하고 있다. 그러나 중일 간의 전면전쟁(1937-1945년)이 발발하여 조국을 침략으로부터 지키는 「救亡」이라는 바이어스가 문학의 전 장르에 드리워져, 모더니즘 시는 자취를 감추고 구엽파(九葉派)[2]에게만 이어지게 된다. 1949년 중화인민공화국

---

2 1940년대 후반 모더니즘 시파. 신적(辛笛), 목단(穆旦), 원가가(袁可嘉), 정민(鄭敏) 등의 9명의 시인을 가리켜 「구엽시인」이라 한다.

13

건국 후에는, 약 30여 년간 시단(詩壇)은 관제언어(官製
言語)로 점유됐지만, 반면에『역문(訳文)』(1950년 창간, 후에
『세계문학(世界文学)』)지상에서의 외국문학 번역이나 따
이왕슈(戴望舒) 역의『로루카시초(ロルカ詩抄)』60년대 내
부간행물에 의한 서양 모더니즘과 소련·동유럽의
해빙기 문학의 번역[3] 및 번역에 관계한 시인·작가들
의「번역문체」[4]가 많은 영향을 주었다. 베이다오(北
島, Bei Dao, 1949~)는 이것을「은밀한 혁명」으로 파악하
고 있다. 문화대혁명 후 모더니즘 시는 베이다오(北
島) 등의 잡지『금천(今天)』[5]에 의한 몽롱시(朦朧詩)파에

3 카프카의 중단편소설, 까뮈『이방인(異邦人)』, 사르트르『구
   토(嘔吐)』, 샐린저『호밀밭의 파수꾼(ライ麦畑で捕まえて)』,
   케루악『노상에서(路上にて)』, 베켓『고도를 기다리며(ゴドー
   を待ちながら)』, 오즈본『분노를 담아 돌아봐라(怒りをこめて
   振り返れ)』, 에렌브르그의 회상록『인간, 세월, 생활(人間·歳
   月·生活)』, 소설『유키도케(雪解け)』등.
4 베이다오(北島)「翻訳文体 : 은밀한 혁명(ひそやかな革命)」(山
   本恭子역, 中国文芸研究会誌『野草』제56호, 1995년). 이 평론에
   서 베이다오는 1949년 이후, 언론통제로 집필을 단념한 시인,
   작가들이 번역으로 전업하여, 관제언어에서 벗어난 그들의
   독특한 문체, 즉「번역문체」가 생기고, 그 후의 문학언어 전개
   의 초석이 되었다는 관점을 제시하고 있다.
5 1978년12월23일 창간. 80년7월제9호를 낸 후, 北京市公安局에

의한 시, 그 자체의 복권과 함께 부활한다. 권력자의
미망(迷妄)이 초래한 전대미문의 동란인 「문화대혁명」
의 한가운데에서 참신한 감성과 강인한 정신을 가진
한무리의 시인들이 자라나고 있었던 것이다. 49년
새로운 중국이 성립된 후, 중국 공산당은 국민당 지
배 시대보다도 철저한 사상·언론 통제를 하지만, 베
이다오 등은 건국 후 관제언어(官製言語)를 변화시켜,
개개의 존재에 대한 사유, 각성을 내재적 자유율(自由
律)로 강조하였다. 기성 관제 논단에서 「몽롱해서 이
유를 모르겠다」라는 의미로 「몽롱체(朦朧体)」라고 이
름 붙여지고 「몽롱시」라고 불리게 되었지만, 지금은
그 차이나미스트(China Mist)라는 통칭이 반대로 그들
의 계관(桂冠)이 되어 빛나고 있다. 무엇보다도 약 30
년의 공백기 동안, 대만 현대시가 눈부신 발전을 보
이고 있었다는 것을 잊어서는 안 된다. 그것은 단순

서 정간처분. 정간되고서 10년째인 90년7월, 노르웨이 오슬
로에서 복간. 편집부는 오슬로, 뉴욕, 캘리포니아를 거쳐, 현
재는 홍콩. 편집장은 베이다오.

히 대륙 중국의 20세기 현대시의 참고 형태로 있었
던 것이 아니라, 후술하는 바와 같이 자율적이고 고
도의 시적 수준을 나타내고 있었다. 이상으로 매우
간단한 개관이지만, 중국 현대시를 「현대성(現代性)」
이라는 관점에서 바라보면, 그 흐름은 세계 문학 동
향과 공시성(共時性)을 지니고 있음을 알 수 있었다.

　민국시대 현대시의 일본어 역에는 아키요시 구키
오(秋吉久紀夫)씨의 주목할 만한 업적이 있다.[6] 몽롱시
파를 대표하는 시인 베이다오의 일본어 역(고레나가 슌
(是永駿)역)이 처음 출판된 것은 1988년이다.[7] 그 시집
을 손에 넣은 일본 시단의 반응은 「중국이라 하면,
한시(漢詩)와 당시(唐詩)의 이미지가 강하지만, 베이다
오의 시집을 읽고, 예를 들어 엘뤼아르(エリュアール)나
파울 첼란(PAUL CELAN)이라든지 서구 유럽의 시와 더

---

6 『馮至詩集』, 『卞之琳詩集』, 『穆旦詩集』, 『鄭敏詩集』 등(모두 土
　曜美術社간행).
7 『北島詩集』(是永駿편역, 土曜美術社, 1988년). 신판(新版)인 『北
　島詩集』(是永駿편역, 書肆山田, 2009년)에는 89년부터 약 20년
　에 걸쳐 망명 중의 작품도 수록되어 있다.

이상 그다지 차이가 없다는 것을 느끼게 되었다」(이사카 요코(井坂洋子),「교토신문(京都新聞)」외)는 것이었다. 나는 그 후에도 망케(芒克, Mang Ke, 1950~)와 게마이(戈麦, Ge Mai, 1967~1991)의 개인 시집 등의 번역에 직접 착수했고[8], 1995년 잡지『신조(新潮)』가 세계의 현대시를 특집[9]할 때, 송린(宋琳, Song Lin, 1959~)의 시(「그리워하다(懷かしむ)」,「공백(空白)」의 2편)를 역재(訳載)하였다. 그 특집의 해설「세계의 시는 진보하고 있다(世界の詩は進んでいる)」를 쓴 시부사와 다카스케(渋沢孝輔)씨는,

> 우선 이웃나라의 송린(宋琳)에게 놀랐다. 베이다오나 망케(芒克),『금천(今天)』의 시인들의 것은 몇몇 번역가 덕분에 이미 읽었고, 드디어 중국에도 현대시다운

---

8 『芒克詩集』(是永駿역, 書肆山田, 1990년),『戈麦詩集』(동역, 書肆山田, 2000년),『現代中国詩集』(財部鳥子, 是永駿, 浅見洋二역편, 思潮社, 1996년) 등.

9 『新潮』1995년 1월 특대호(新潮社).「小特集 세계의 시의 현재(世界の詩の現在)」. シェイマス・ヒーニー(아일란드), 조바니 슈디치(이탈리아), 존 아슈베리(미국), 宋琳(중국), 비스바 신보르스카(폴란드)의 다섯 명의 시인을 소개하고 있다.

현대시가 나왔다고 성원을 보내려던 참에, 〈사건〉(6.4
천안문 사건을 가리킨다─필자 주)에서 그들은 흩어져 버렸
다. 여태까지 좌절감을 맛보고 있었지만, 이런 시인이
태어나 있었던 것이다. 게다가 불과 몇 년 사이에 삼
보 리듬, 초현실주의 이후의 세계 근·현대시의 부(富)
를, 『금천(今天)』세대 이상으로 소화해 버리고 있었다.
일면에서는 점점 『몽롱(朦朧)』난해해지고 있기 때문에,
일반 독자, 민중과의 관계가 어떻게 되어 있는지 걱정
이지만, 그들이 더 느긋하게 노래 할 날이 과연 올 것
인지..

라고 평하고 있다. 중국 현대시를 감상한 이사카, 시
부사와 두 사람의 공통적인 의식은 서구 근현대시라
는 필터이고, 이사카씨의 경우는 중국 고전시라는
또 하나의 필터가 걸려 있었다.[10] 감상하는 측에게

---

10 이 이중필터에 대해서는 졸론 "The Growing Acceptance of
   Contemporary Chinese Poetry in Japan"(東方学会, ACTA
   ASIATICA Vol.72, 1997년)

이중 필터가 존재하는 것은 고대부터 일본에서의 중국시 수용, 근현대에서의 서구시 수용이라는 이중성의 표시임에 틀림없다. 한편, 중국의 현대 시인에게도 그들의 시적 상상력의 근저에는 그들 스스로의 압도적인 고전시 전통과 성숙한 서구 근현대시의 세계가 서로 경합하고 있다고 생각할 수 있다.

2) 시 번역의 가능성

시 번역은 원래 시의 생명인 운율을 번역하는 것이 불가능하기 때문에, 등가성(equivalency)과 정밀성(accuracy)을 엄밀히 묻는다면, 번역이 성립된다고 말하기 어려운 요소를 포함하고 있다. 운율은 번역하는 측의 수용언어의 운율로 바꾸는 역자의 감성이 들어가게 되고, 역자의 내재적 자유율이 시도된다. 번역어의 선택도 역자의 언어 그 자체가 시도된다. 시의 번역자는 시인과 라이벌 관계가 되어, 자신의 시적 언어의 모든 것을 걸고 번역에 임할 것이 요구된다. 그런 의미에서 번역시도 시작(詩作)이다. 이렇게 해서 비로소 원래 성립이 의문시되었던 시 번역이 가까스로 성립하게 되는 것이다.

여기서 벤즈린(卞之琳)의 「물고기 화석(魚化石)」이 어떻게 일본어로 번역되어 왔는지를 살펴보자. 원시(原詩)는

魚化石

물고기 화석

我要有你的懷抱的形狀、

저는 당신이 품고 있는 마음의 형상을 갖고자,

我往往溶化於水的線條。

종종 수면선(水面線)에 녹아버려요.

你真像鏡子一樣的愛我呢。

당신은 정말로 거울처럼 저를 사랑하시나요?

你我都遠了乃有了魚化石。

당신과 저는 모두 멀어졌고, 그래서 물고기 화

석이 생겨났죠.

　이 짧은 시편은 1936년 10월에 창간된 시지(詩誌) 『신시(新詩)』(상하이(上海), 新詩社)의 제2기(1936년 11월)의 권두를 장식하였다. 예술가가 자신의 작품에 대해 그 착상과 제작에 얽힌 고심 등 창작의 과정을 말하는 것은 매우 드문 일이다. 시인도 마찬가지이지만, 이 시편의 경우, 다행스럽게도 시인 자신의 「물고기 화석 후기(魚化石後記)」가 같은 호에 게재되어서, 이 시의 내력을 알 수 있게 되었다. 벤즈린은 이 사행시를 생각해 낼 때, 엘뤼아르, 발레리, 말라르메 등 프랑스 시인의 시편, 시구를 한편으론 중국 고전『사기(史記)』, 『역경(易経)』 속의 말을 떠올렸다고 한다. 시편 첫 번째 행에 대해서는,

　　나는 엘뤼아르의 "그녀는 내 손바닥 모양을 하고 있다, 그녀는 내 눈동자 색을 하고 있다"를 생각하였다. 우리도 사마천(司馬遷)의 "여자는 자신을 기쁘게

해주는 자를 위하여 용모를 다듬는다"가 있다.

고 기술하고 있다. 엘뤼아르의 시구는 "L'AMOUREUSE"
(『연인들』)의 제1연,

> Elle a la forme de mes mains,
>
> 　　그녀는 내 손의 형상을 띠었으며
>
> Elle a la couleur de mes yeux,
>
> 　　그녀는 내 눈의 색을 입고 있다

를 가리키고, 사마천의 말은 『사기』, 「자객열전(刺客列
伝)」 속의,

> 「선비는 자신을 알아주는 이를 위해 죽고, 여인은
> 자신을 기꺼워해주는 이를 위해 꾸민다(士為知己者死,
> 女為説己者容)」

를 가리킨다. 선비(남자라는 자)는 자신을 알아주는 사람을 위해 죽고, 여자는 자신을 기쁘게 해주는(「설(說)」
と「열(悅)」은 동음동의어) 자를 위하여 용모를 다듬는다.
「용(容)」이라는 한 글자로 「용모를 다듬다」라고 읽게
한다. 「자객열전」 쪽은 관련이 없을 리가 없을 정도
의 연상(連想)이기 때문에 직접적으로는 엘뤼아르의
시구를 강하게 의식한 발상이라고 봐도 좋을 것
이다.

벤즈린의 이 시를 처음으로 일본어로 번역한 것
은 다케다 다이준(武田泰淳)이다. 다케다씨는 평론 「장
커자와 벤즈린(臧克家と卞之琳)」[11] 속에서 이 시를 소개
하며 이렇게 번역하고 있다.

私はお前の懐に抱く形状を持ちたい

　　나는 너의 품에 안기고 싶어

私は水の線条に溶けていく

　　나는 물 속에 녹아 간다

---

11 『中国文学』月報 제56호, 쇼와(昭和)14년(1939년) 10月, 中国文
学研究会

お前はほんとに鏡と同じに私を

　　너는 정말 거울처럼 나를

愛してくれるのか

　　사랑해 주겠니

お前も私も遠く魚化石を持ってゐた。

　　너도 나도 저 멀리 물고기 화석을 지니고 있다.

　　다케다씨는 「후기」도 참고하고 있지만, 「대략 이해하기 어렵다. 후기를 봐도 제대로 설명하는 것은 쉬운 일이 아니다」라고 술회하고 있다. 이 시는 후에 「한 마리의 물고기 또는 한 명의 여성이 말하다」라는 제목이 붙을 수 있지만, 시 속의 「나」가 여성인 것은 「후기」에서 추정할 수 있다. 전술한 엘뤼아르의 원시 두 구가 연인의 손바닥이 닿는 모습에서 그녀의 몸이 형성되어, 연인의 눈동자 색으로 물들어 간다는 애정시임을 알게 되면 더욱 그 모습을 갖고 싶어 하는 「나」는 여성이 되는 것이다.

　　약 반세기가 지난 후의 아키요시 구키오씨의

역[12]은

わたしはあなたの胸のフォームを所有したい、

　　　나는 당신의 품을 소유하고 싶어.

がわたしはしばしば水の輪郭に溶け入るのよ。

　　　하지만 나는 가끔씩 물 속에 녹아 들어가요.

あなたはほんとに鏡のように愛してくださる。

　　　당신은 정말로 거울처럼 사랑해 주실래요.

あなたとわたしが遠ざかると魚化石ができた。

　　　당신과 내가 멀어지면 물고기 화석이 되버려요.

라고 「나」는 「여성」으로 번역되어 있다. 다케다씨는
앞서 언급한 평론 속에서 자신의 번역을 표현할 때,
「시이기 때문에 어떤 오역을 해도 아무도 눈치 챌 염
려가 없지만」이라 하며, 시에 대한 이해를 포기한 듯
한 어처구니없는 변명을 하고 있다. 아키요시씨의

12　秋吉久紀夫訳(1992)『卞之琳詩集』土曜美術社

번역은 다케다씨의 번역보다도 알기 쉽지만, 첫 번
째 행은 역시 무엇을 말하고 싶은 것인지 의미가 불
분명하다. 나는

あなたに抱かれたままの形になりたいのだけれど、
　　　당신에게 안긴 채로 있고 싶지만,
わたしはしばしば水の輪郭に溶け入ってしまう。
　　　나는 가끔씩 물 속에 녹아 버려요.
あなたはほんとうに鏡のように愛してくださるのね。
　　　당신은 정말로 거울처럼 사랑해 주실래요.
ふたりが遠ざかり、魚の化石ができあがったわ。
　　　둘이 멀어져서 물고기 화석이 완성 되었어요.

라고 번역하였다.[13]

---

13 是永駿「현대시의 생성(現代詩の生成)」(주8의『現代中国詩集』
　 수록) 및 同「20세기 전반의 시(二〇世紀前半の詩)」(宇野木洋・
　 松浦恒雄편『중국20세기문학을 배우는 사람들을 위하여(中
　 国二〇世紀文学を学ぶ人のために)』世界思想社, 2003년)

3) 시 번역의 등가성(等価性)을 둘러싸고

번역은 언어A의 어떤 텍스트를 언어B로 등가로 전환시키는 행위이다. 번역상의 다양한 문제는 이 등가, 동일한 가치를 가지고 전환시키는 것을 둘러싸고 전개된다. 단어 하나를 취해 봐도, 문맥과 문화적 규범(코드) 속에서 작동하는 것이기 때문에, 한 단어 수준에서 이미 등가성(等価性)은 흔들림 속에 자리 잡게 된다. 살아가는데 빼놓을 수 없는 「물」도 일본어로는 보통 「물 한 잔 주실래요(みずを一杯いただけませんか)」라며 부탁하지만, 중국어의 「슈에이(水, shui)」는 온도차에 의한 구별이 없는 단어이므로, 예를 들어, 갈증을 달래주기 위하여 「물」을 원하는 장면에서 나온 것이 「생수」인지 「뜨거운 물」인지는 문맥으로 알 수 밖에 없다. 중국에서는 보통 생수를 마시는 습관이 없기 때문에, 포트가 있는 곳을 알려주고 '자 드세요' 라고 말한다면 「뜨거운 물」이 된다. 소설의 이런 상황에서 그것을 「뜨거운 물 한잔(おゆを一杯)」으로

27

한 것은 의미적으로는 「정확(精確)」하더라도 언어B의 언어규범 속에서 충분히 기능하지 못하게 된다.

　작가이자 번역가이기도 한 무라카미 하루키(村上春樹)씨는 번역의 등가성에 대해 이렇게 말하고 있다.

> 　모든 언어는 기본적으로 동일하다는 것은 나의 시종 변함없는 신념이다. 그리고 모든 언어는 기본적으로 동일하다는 인식이 없으면 문화의 정당한 교환 또한 불가능하다.[14]

　언어의 이러한 기본적인 등가 위에 번역이라는 행위가 성립한다. 시의 번역 등가성은 오로지 운율을 둘러싸고 그 가능성이 이야기된다. 본래 시의 운율을 언어A에서 언어B로 등가로 옮겨 놓는 것은 불가능하며, 언어B의 규범에 부합하는 형태로 처리 할 수밖에 없다. 예를 들어 부손(蕪村)의 한 구 「생각에

14　村上春樹(1994)『やがてかなしき外国語』講談社

잠기며 언덕에 오르니 거기에 찔레꽃이 피어있구나
(愁いつつ岡にのぼれば花いばら)」의 중국어 역,

    懷愁登古丘、　근심을 품고 옛 언덕에 오르려는데,

    山路野薔幽。　산길에 들장미 그윽하여라.

에서는 중국어의 정형운율의 하나인 오언이구(五言二句)의 형태로, 평측(平仄)을 갖추고 운을 맞추고 있다.[15] 역자인 린린(林林)씨는 하이쿠(俳句)의 5·7·5의 음수율을 주로 5, 7음, 때로는 3, 4음을 섞어서 다양한 변화를 주며 바꾸고 있다.

    운율을 옮길 수 없다면 시 번역 등이 무의미하다고 생각할 수도 있지만, 그렇다고 해서 시는 모름지기 원어로 감상해야 한다고 한다면, 이 세계의 수많은 언어로 쓰인 시가 감상자에게서 멀어져가게 된다. 운율에서도 번역하는 언어로의 궁리는 시도될

15　林林역(1983)『日本古典俳句選』湖南人民出版社

가치가 있다고 생각한다. 베이다오의 조시(組詩) 「섬
(島)」의 제5장은 다음과 같은 두 연의 시이다.[16]

どの波も

어떤 파도도

きらめく一本の羽根を浮かべている。

반짝이는 하나의 날개를 드리우고 있다.

子供らが小さな砂山をつくり、

아이들이 작은 모래 산을 만들고,

海水がとりかこむ。

바닷물이 둘러싼다.

花輪のように、涼しげに揺れて

화환처럼 시원하게 흔들리고,

月の光の弔聯が地の果てにかかる。

달빛의 조련(弔聯)이 땅 끝에 걸려있다.

---

16 『北島詩選』新世紀出版社, 1986年. 일본어역은 주7 전게서.

2연 째의 원시는

孩子們堆起小小的沙丘、

　　아이들 조그마한 모래 둔덕 쌓아 올리는데,

海水圍攏過來、

　　바닷물이 에워싸더니,

象花園、清冷地搖動、

　　마치 화원처럼 고요하게 뒤흔드는데,

月光的挽聯鋪向天邊。

　　달빛으로 쓰여진 대련(對聯)은 저 하늘가로 펼

　　쳐져있네.

　마지막 두 구는 살펴 본대로, 쉼표를 포함하여 9
자로 갖추어져 있다. 중국어는 한 글자, 한 음절, 한
성조이기 때문에, 쉼표로 한 호흡을 넣어서 9음절,
일본어로 그 음절수를 맞추는 것은 무리한 이야기
로, 간신히 글자 수를 맞추는 정도 밖에 할 수 없지
만, 번역은 쉼표를 넣어 14자, 15자와 비슷한 형태로

끝나고 있다.

등가성이라고 하면 의례히 예의 로만 야콥슨(Roman Jakobson)의 공식, 「시적 기능은 등가의 원리를 선택 축에서 통합의 축으로 투영된다」(「언어학과 시학」[17])이 생각나게 된다. 야콥슨은 「시에서는 유사성(similarity)이 인접성(contiguity) 위에 겹쳐진다고 할 수 있다. 따라서 등가성이 서열 구성상 궁리 단계까지 높아진다」(「문법의 시와 시의 문법」[18])라고도 말하고 있다. 우리는 평소 유사성을 지닌 동의어 군에서 어떤 어휘를 선택하고, 그것을 인접성에 결합하여 발화(發話)하고 있다. 예를 들어, 「오락가락하는 비(時雨), 소나기(夕立), 지나가는 비(通り雨)」 중에서 「時雨」를 「내린다(降る), 쏟아진다(降りそそぐ), 부슬부슬 내린다(そぼ降る)」 중에서 「내린다(降る)」를 선택하고 「오락가락 비가 내린다(時雨が降る)」라고 발화한다. 시에서는 그 결합 축이 새로운

---

17 로만 야콥슨(ロマーン・ヤコブソン)『一般言語学』(川本茂雄감수역, みすず書房, 1973년 제1쇄, 1989년 제9쇄)
18 『로만 야콥슨 선집(ロマーン・ヤコブソン選集)』제3권 「詩学」(川本茂雄・千野栄一감역, 大修館書店, 1985年)

등가 관계를 실현하기 위해 작용하게 된다는 공식이다. 압운(押韻)과 대구(対句), 후렴구는 그 등가 관계의 전형적인 예로 자주 거론되지만, 시의 은유도 이 공식과 밀접하게 연관된다. 당나라의 시인 리하(李賀)의 「장진주(将進酒)」 속 한 구, 「복사꽃 어지러이 떨어져 붉은 비 내리는 듯(桃花乱落如紅雨)」을 예로 들면, 이 한 구는 「복사꽃(桃の花)」, 「어지러이 떨어진다(乱れ散る)」, 「붉은 비(紅の雨)」를 각각의 선택 축에서 골라서, 그들을 결합시켜 성립되고 있다. 그 결합의 등가 관계는 「복사꽃이 어지러이 떨어진다(桃の花が乱れ散る)」와 「붉은 비(紅の雨)」를 유사성으로 파악하는 상징행위가 작용하여 실현되고 있다고 생각할 수 있다. 이와 같이, 결합 축에 신축 폭을 갖게 하여, 은유의 영감을 야콥슨의 공식으로 설명할 수 있다. 먼저 베이다오의 「섬(島)」의 제8장, 첫 번째 연의 원시는

有了無罪的天空就夠了
　　아무 죄없는 하늘만 있다면 충분하지.

有了天空就夠了

　　하늘만 있다면 충분해.

이다. 「하늘(空)」이 「무죄(無罪)」라는 결합에서 「無罪的」
은 「죄가 없는, 무해한, 순진한, 청정한, 깨끗한」 등
의 넓은 유사한 연합을 형성할 것으로 보인다. 그런
하늘이 있으면 「夠了」이라는 것은 「충분하다, 족하
다, 만족한다」 각각의 선택 축에서 나는 「깨끗한」, 「만
족한다」를 선택하여, 그것을 결합시켜 「깨끗한 하늘
만 있으면 만족한다」고 번역하였다. 이 두 구의 등가
성이 후렴구에 있는 것은 명확하다. 시 번역을 생각
할 경우도 야콥슨의 공식은 유효하다.

4) 시의 원리

시적 이미지는 인간의식의 원형에 뿌리내리고 환
기되어, 보편적인 동경과 경험의 기호화로 제시된
다. 그 창조적 사유는 다른 범주에 속하는 개념의 새

로운 결합작용, 즉 연상, 유비(類比), 은유 등의 상징작용으로 표현된다. 다른 개념의 결합, 예를 들어 「마음은 보석, 시는 꽃바구니」(망케)와 「까마귀, 이 밤의 조각」(베이다오)이라는 시적 은유는 현대시의 시법(詩法)으로 많은 시인이 공유하는 보편적인 것이다. 초현실주의는 시법으로 은유를 정의하여(앙드레 브르통 (ANDRÉ BRETON『초현실주의 선언』), 초현실주의자들은 「서로 동떨어진 두 개의 실재(実在)를 접근시키는 것」으로 이미지의 섬광을 발생시키려고 시도하였다. 방법은 서로 관계는 멀지만 적절한 두 개의 항을 가까이하여 병치한다. 이 방법은 6세기 중국, 양(梁)의 유협(劉勰)이 쓴 문학이론서『문심조룡(文心彫龍)』의 논점과 상통한다. 『문심조룡』, 「비흥편찬(比興篇贊)」에 「시인의 비흥은, 사물로 인하여 촉발된 관조의 산물이다. 사물은 호와 월처럼 멀지라도 합하면 중요한 것이 된다」(「詩人比興, 触物圓覽, 物雖胡越, 合則肝胆,)는 것이다. 「비흥(비유와 연상)은 사물을 두루 관찰하는 것에서 생겨난다. 동떨어진 상황도 조합이 잘 맞으면 딱 맞는 비흥이 된다」라는 의미이다. 이것이 그대로 초현실주의와 연관되는 것은 아니지만, 관계는 적지만 적절한 두 개의 항을 맞춘다는 점에서, 14세기가 지나도 그 발상에는 공통점이 있다.

시 원리의 핵심에 위치한 시율(詩律)에 대해서는 에드가 앨런 포(E. A. POE)가 「시는 미의 운율적인 창조이다」라고 정의하고 있다(『시의 원리』 "The Poetic Principle"). 그리고 그는 「(시의) 유일한 심판자는 Taste(「취미」라든가 「미의식」이라고도 번역된다)이며, 지성과 양심은 부차적인 관계밖에 가지지 않는다. 우연한 경우를 제외하고 의무와 진실 같은 것과는 아무런 관계도 없다」고 말한다. 한 편의 시의 아름다움이라는 것은 그 시의 내부에서 말의 울림, 공명기능(즉, 시의 구조)가 어떤 정신세계로의 유혹을 낳을 것이 요구된다는 시관(詩觀)은 시적 언어를 생각할 경우의 기본개념일 것이다. 그 개념은 포(POE)의 시론에서 그 근원을 발하고 있다고 할 수 있다. 시구의 핵심에 운율을 넣는 포는 「시정(詩情)이 불어 넣어진 영혼이 열심히 구해 마지않는

궁극적인 목적, 즉 천상의 미의 창조에 가장 근접한
것은 아마도 음악일 것이다」라고까지 말한다. 중국
의 시법은 당나라 시대에 이르러 평측(平仄), 압운 등
의 시율을 보다 엄격하게 갖추고 있지만, 육조(六朝)
시대 양(梁)의 『문심조룡』에도 이미 「성율(声律)을 새
겨서, 비흥을 싹 틔운다」(「刻鏤声律, 萌芽比興」, 「음율을 새겨
서 비유상징을 낳는다」는 의미, 「신사편찬(神思篇贊)」)는 것이다.
시대도 문화권도 멀리 동떨어진 포와 유협 사이에
풍부한 운율을 담은 시적 기능에의 공통된 발상이
인정되는 것은 그것이 인류에게 보편적인 발상이라
는 하나의 증거일 것이다. 일본어는 그 기능에 혜택
을 보고 있다고는 말할 수 없지만, 와카와 하이쿠의
운율은 음수율을 맞추는 것만으로 meter(보격)과 평
측(平仄)이 요구될 리는 없다. 압운에 대해서도 두운
(頭韻)과 각운(脚韻)을 시도하는 경우가 있지만, 규칙화
되어 있는 것은 아니다. 그러한 시율이 규칙화되는
만큼의 풍부한 음운을 일본어는 갖추지 못한 까닭
에, 오히려 하이쿠와 같은 극단적인 음수(音数)에 무

한한 우주를 읊는 시법이 발달한 것이라 할 수 있다.

중국 현대시는 고전시의 엄격한 시율을 포기하고 내재적인 자유율로 전환하였다. 베이다오는 「시의 내재적인 운율은 고전시의 형식적인 시율을 넘어서 존재하고 있다」고 말하고 있다.[19] 하지만 중국의 전통 시학과 현대시와의 관계는 전통 시학으로 길러진 심미관의 재해석과 현대 시학과의 융합시도 등 많은 테마를 제기하고 있다. 베이다오를 비롯한 많은 시인이 어린 시절에 고전시에 대한 엄격한 가정교육을 받았으며, 그것이 그들의 시적 생명의 피와 살이 되어 있다는 것도[20] 매우 흥미롭다.

5) 현대시사(現代詩史)로서의 동아시아

동아시아(East Asia)라는 지형 틀은 중국 문명의 성

---

19 주10 전게평론
20 「일본의 독자들에게(日本の読者へ)」, 『北島詩集』(是永駿편·역, 書肆山田, 2009년)

숙과 주변 국가에서의 수용이라는 국면이 근세까지 주류였기 때문에 동일문화권으로 인식되어 왔다. 이 「동일(同一)」문화권의 틀은 물론 전혀 「동일」한 것이 아니고, 「유사(相似)」 또는 「동질(同質)」로 이해된다. 그 이해는 「이질(異質)」의 요소가 「동질」한 그것을 능가할 수는 없다는 상대적인 균형차를 전제로 이루어져 있다. 하지만 동아시아에서의 동질·이질성은 복잡하게 얽혀있어, 그 구조를 풀어내는 것은 쉽지 않다. 각 민족의 심리공간의 흔들림에 좌우되지 않고, 시적 언어라면 시편의 언어학적 분석을 바탕으로 논의될 필요가 있다. 중국에는 5언, 7언의 시율이 있고, 일본에 5·7, 7·5조가 있기 때문에 양자의 동질성을 보려는 논의가 있었지만, 이 논의에도, 일본어, 중국어의 음운구조가 근본적으로 다른 점을 감안하면, 표면적인 유사성과는 달리, 이를 이질적인 음률로 파악하는 데서부터 우선 분석을 시작해야하는 것이다.

　20세기 동아시아의 현대시를 조망하는 시도는 아

직 제기되지 않았지만, 그것은 서구 근현대시의 각 국에서의 수용, 모더니즘 시의 전개, 시적 언어의 특성 등, 매력적인 테마임에 부족하지 않는 새로운 연구영역이다. 한국의 모더니즘 시의 선구적인 존재였던 이상(李箱, 1910~1937)을 대상으로 하나의 관점을 제시해 보고 싶다.[21]

이상의 시편은 초현실의 의식공간을 자유자재로 이미지화하여, 자신의 삶과 죽음을 시적 언어에 담아 다른 차원으로 관통시켰다. 이 시인이 동아시아의 20세기 현대시사에 미친 파장은 우리들을 뒤흔들었다. 이상이 서울에서 시작(詩作)을 시작하기 얼마 전 다이렌(大連)에서는 안자이 후유에(安西冬衞), 다키구치 다케시(滝口武士) 등이 『아시아(亜)』(1924~1927)에 기반을 두고 모더니즘 시를 다듬고 있었다. 도쿄에서는 28년 『시와 시론(詩と詩論)』이 창간되었다. 이상이 도쿄로 건너간 해(1936년), 『VOU』편집자인 기타조노

---

21 『李箱詩集』(蘭明역편, 花神社, 2004년), 是永駿 「이상에의 시점(李箱への視点)」을 수록한다.

가쓰에(北園克衛)는 에즈라 파운드(EZRA POUND)와 편지를 주고받기 시작한다. 이상의 도쿄에서의 죽음(1937년)은 때마침 중국 모더니즘 시가 꽉 막히게 된 중일 전면전쟁에 돌입할 때와 같이한다. 전술한 바와 같이, 중일 간의 전면전쟁(1937~1945년)이 발발하여 「救亡」이라는 바이어스가 문학의 모든 장르에 드리워져, 벤즈린 등에 의해 결실을 맺었던 모더니즘 시도 그 자취를 감추게 된다.

안자이 후유에는 「푸른 밤하늘 아래서 나비 한 마리가 타타르 해협을 건너갔다(てふてふが一匹韃靼海峽を渡って行った)」(『군함마리(軍艦茉莉)』, 1929년)라는 짧은 시로 일세를 풍미했지만, 「다시 생일(再び誕生日)」에서는

나는 나비를 핀으로 벽에 고정했습니다 ― 이제 움직이지 않는다. 행복도 이런 식으로.

라고 첫째 행에서 읊고 있으며

슈미즈 속에 그녀는 그녀의 아름다움을.

(「슈미즈(シュミズ)」는 여성용 속옷. chemise(프랑스어).

-- 필자주)

로 마무리하고 있다.

이상의 「시 제10호 나비(詩第十号 蝶)」에서는,

찢어진 벽지에서 죽어가는 나비를 본다. 그것은
저승과 왕래가 빈번한 비밀 통로이다.

라며 노래 부르고 있고, 「한숨이 섞인 가난한 이슬을
먹고 있는」나비에게 시인 자신의 죽음을 투영하고
있다.

안자이와 이상의 두 편의 시를 대비만 해보더라
도, 그 시적 언어의 이율배반적인 같은 모더니즘의
자장에 작용하면서 벡터를 달리하는 차이의 구조가
희미하게 보인다. 안자이, 기타조노 등의 시편, 혹은
20년대 후반에서 30년대 중엽의 하루야마 유키오(春

山行夫) 등의 일본 모더니즘 시와 이상의 대조연구를 통하여, 동아시아의 공시적인 그리고 배반적인 시적 자장이 떠오를 것이다.

20세기 아시아의 모더니즘 시의 전개라는 매크로적인 관점을 가져본다면, 동아시아라는 동일한 지평에서의 시구를 공시적으로 파악하는 관점이 30년대에서는 성립하는 것은 아닌가 생각하게 된다. 거기에 공명하는 중국 현대시를 들어 보면, 벤즈린의 「둥근 보석 상자」나 「물고기 화석」 등 여러 시편을 들 수가 있지만, 이상 정도의 선구적인 모더니티는 갖고 있지 않다. 구엽파 또는 50-60년대의 대만시에 이르기까지 시간의 범위와 시야를 넓히면 저절로 가능성은 넓어지지만, 공시성이 부족하다.

처음에 언급했듯이 중국의 현대시사를 아우르려고 하면, 대만의 현대시가 마치 미싱 링크(Missing-link)와 같은 위치에 있는 것은 야산(瘂弦, Ya Xian, 1932~) 정초우위(鄭愁予, Zheng Chouyu, 1933~) 상친(商禽, Shang Qin, 1930~) 등의 시편을 읽어 보면 분명해진다. 예를 들어, 야

샨의 장시(長詩) 「심연(深淵)」(1959년)의 마지막 연의 한
구절,

> ハレルヤ！ぼくはまだ生きている。
>> 할렐루야! 나는 아직 살아있다.
> 働き、散歩し、悪党に敬意を表し、ほほ笑みそして朽
> ちはしない。
>> 일하고 산책하고 악당에게 경의를 표하고, 미
>> 소 그리고 소멸되지 않는다.
> 生きるために生き、雲を眺めるために雲を眺め、
>> 살기 위해 살고, 구름을 바라보기 위해 구름을
>> 조망하고,
> 面の皮を厚くして地球の一部を占拠する……
>> 낯가죽이 두꺼워져 지구의 일부분을 차지했
>> 다네..........[22]
> (哈里路亞！我仍活着。

---

22 『台湾現代詩集』(林水福·是永駿편, 是永駿·上田哲二역, 国書刊
行会, 2002년)

工作，散步，向壞人致敬，微笑和不朽。

為生存而生存，為看雲而看雲，

厚着臉皮佔地球的一部份……[23]

(할렐루야! 난 아직 살아있네!

일, 산보, 악인(惡人)에게 표하는 공경, 미소, 그

리고 불후(不朽)함.

생존하기 위해 생존하고 구름을 보기 위해 구

름을 보다보니,

낯가죽이 두꺼워져 지구의 일부분을 차지했

다네……

이 시편은 「너는 아무 것도 아니다」, 「(너는) 일어선 시회(屍灰), 아직 매장되지 않은 죽음」이라는 철저한 자기 부정을 통하여, 이 세상을 살아가면서 동반되는 죄와 고통을 수긍하며, 그래도 계속 살아가는 것에 대한 찬가로 그 의미를 읽을 수 있다. 「할렐루야!

---

23 『瘂弦詩集』(洪範書店, 초판1961년, 六印1998년)

나는 아직 살아있다」라는 고뇌를 뚫고 나와 용솟음
치는 시구를, 당시 중국대륙에서 찾더라도 얻을 수
없고, 본래 이런 시를 쓰는 것 자체가 허용되지 않았
을 것이다.

중국 현대시는 고대로부터 「시의 왕국」에 걸맞게
그 옥야(沃野)를 넓히고 있다. 한국도 김지하(金芝河)를
비롯한 뛰어난 시인을 배출해 왔다. 일본에서 중국
과 한국 현대시의 수용이 미약하게나마 지속되고 있
지만, 일본사회에 좀처럼 침투해 나가지 못하는 것
은, 우선 번역을 포함한 문학 상황 전체의 과제로 생
각해야만 하지만, 배경에 놓여 있는 문제는 일본과
아시아 각국 간의 현대 역사관을 공유할 수 있는 완
비된 형태를 이루고 있지 않다는 어둠을 일본사회가
여전히 안고 있기 때문일 것이다. 형태가 없는 아둔
함을 호도하기 위해 자신의 의식을 어둠의 상자에
가두어 버리는 것이 가장 좋기 때문에, 의식은 언제
까지나 아시아라는 지평으로 열리지 않고, 스스로를
그리고 중국과 한국에 사는 사람들을 아시아라는 동

일한 지평에서 살아가는 자들로 인지하지도 않는다. 동아시아의 지평에 진정한 의미의 공감과 이해가 찾아드는 것은 그 어둠이 걷히고 난 뒤의 일이 될 것이다. 물론 우리는 「날아가는 썰매(飛ぶ橇)」의 오구마 히데오(小熊秀雄, 1901~1940)와 「간도 빨치산의 노래(間島パルチザンの歌)」의 마키무라 고(槇村浩, 1912~1938) 등의 자랑스러운 시인이 있고, 그 시편에 우리들은 단련되어 동아시아 현대에의 뜨거운 시선을 불러일으킨다. 동아시아의 시적 언어가 탐구되어야 할 광맥은 땅속 깊이 착종하고 침잠하여 빛을 발하고 있다.

47

동아시아의 문학코드

02

망명지에서의 공동작품
『무지개(虹)』의 작품세계

1) 『무지개』의 성립과 「사실」

　『무지개』[24]는 마오둔(茅盾)이 일본망명 중(1928~1930)에 쓴 장편소설이다. 『무지개』는 모델 소설로 간주되는 요소를 갖추고 있고, 주요 모델은 후란치(胡蘭畦), 그 소재의 제공자는 친더쥔(秦德君)으로 생각된다. 1927년 7월 무한(武漢)정부가 붕괴하자, 마오둔은 지우장(九

24　『무지개(虹)』10장 중 앞 3장은 『소설월보(小説月報)』지에 발표된(1, 2장은 제20권 6호, 3장은 7호, 민국18년 6, 7월). 단행본은 민국19년(1930년)3월, 開明書店 간행.

江), 루산(廬山)을 거쳐 상하이로 돌아가, 국민당의 체
포령을 피해 칩거생활을 보내면서 창작을 시작하여,
1928년 6월까지 약 1년간『식(蝕)』3부작을 완성하였
다. 1928년 7월 천왕다오(陳望道)의 권유에 따라 일본
으로「망명」, 그 때 동행한 여성이 친더쥔이다. 도쿄
에서 몇 달 지낸 후, 1928년 12월 두 사람은 교토로
이사, 동거생활에 들어가, 1930년 4월 상하이로 돌
아갈 때까지 교토에서의 동거는 계속됐다. 일본「망
명」중 1년 9개월 동안, 마오둔의 문학 활동은 왕성
하다고 할 정도로 소설, 산문, 문학평론, 문학개론,
신화연구 등 각 분야에서 눈부신 성과를 올리고 있
다. 초기의 대표적인 문학평론인「고령(牯嶺)에서 도쿄
로」, 「『예환지(倪煥之)』를 읽다」, 『들장미(野薔薇)』에 수
록된 단편 소설 4편[25], 마찬가지로『숙망(宿莽)』속의
단편소설 3편[26] 등은 모두 이 시기에 쓰인 것이다.

---

25 「자살(自殺)」, 「일개녀성(一個女性)」, 「시여산문(詩與散文)」,
   「담(曇)」. 단편소설집『들장미(野薔薇)』는 1929년 7월, 上海大
   江書舖 간행.
26 「색맹(色盲)」, 「이녕(泥濘)」, 「타라(陀螺)」, 단편소설·수필집

이러한 성과 속에서 특히 주목되는 것은 자립을 추
구하며 고투하는 중국 여성을 그린 장편소설『무지
개』이다.

마오둔은 1929년 4월『무지개』에 착수하여, 7월까
지 집필을 계속했지만, 8월 이사하기 위하여 붓을 놓
고, 1930년 2월에「발문」을 적었다.『무지개』는 10장
으로 구성되어, 앞의 7장의 무대는 사천, 뒤 3장은
상하이이다. 작품 중의 풍경이나 인물에 대해서 작
자 본인의 창작 이야기가 남겨져 있는 경우는 집필
의식을 찾아 볼 수 있는 적당한 소재가 된다. 마오둔
은『무지개』집필 이전에 사천을 방문한 적은 없지
만, 삼협의 험난함 등 그 묘사는 현실감 있다. 마오
둔 자신도 그러한 풍경 묘사를 마음에 들어 하는 대
목이 보이고,『회억록(回憶錄)』에는 선치위(沈起予, 사천사
람)의「삼협을 다닌 적도 없는데, 그 묘사는 왠지 박
진감 있다」라는 평가를 이끌어 내고 있다.[27] 삼협의

『숙망(宿莽)』은 민국20년(1931년)5월, 開明書店 간행.
27 茅盾(1984)『我走過的道路』中冊, 人民文學出版社, pp.38-39

험난함에 대해서 마오둔은 집필 배경을 다음과 같이
말하고 있다.

> 도쿄에 머무는 동안 천치시우(陳啓修)와 잡담을 나
> 눌 때, 대혁명 중의 에피소드(양선(楊森)의 출병-필자)에
> 대한 이야기를 하게 되자, 천치시우는 바로 양삼은
> 반드시 패할 것이라고 당시 생각했었다고 한다. 왜
> 그렇게 생각했느냐고 묻자, 천치시우는 삼협의 험난
> 함에 대하여 말하며, 사천을 나오는 것은 손쉽지만,
> 퇴각하는 것은 쉬운 일이 아니기 때문이라고 한다.
> (중략) 천치시우는 삼협의 험난함에 대해서 마치 그
> 림으로 그린 것처럼 분명히 말했기 때문에, 나는 실
> 제로 그 자리에 있는 것처럼 이끌려 들어가, 나중에
> 까지 그 상황을 잊을 수가 없었다. 1년 후 『무지개』
> 를 쓰게 되어, 처음에 삼협의 험난함을 묘사한 장면
> 이 있는 것은, 이런 일이 있었던 덕택이다.[28]

---

28 위의 책, pp.38-39

　마오둔은 회고록 속에서 한 마디도 친더쥔에 대
해 언급하고 있지 않기 때문에,『무지개』집필 당시
의 상황을 회상할 때에도 물론 그녀는 등장하지 않
는다. 하지만 친더쥔의 회고록에 따르면 장편『무지
개』에 묘사된 사천의 풍경도 주요 등장인물도 모두
친더쥔이 마오둔에게 들려주어서, 묘사해 낸 것이라
는 전혀 다른 집필 배경이 나타나게 된다.『무지개』
를 집필하는 동안에, 마오둔과 친더쥔은 교토의 북
쪽 교외, 다나카 다카하라(田中高原)마을의 한 허름한
단층집에 살고 있었다.[29] 친더쥔의 말에 의하면,「스
촨, 청두(成都), 루저우(瀘州)의 풍물, 충칭(重慶)에서 우
샤(巫峽)를 나올 때까지의 산천의 모습, 이 모두가 마
오둔의 상상의 산물일 수는 없습니다. 저는 바쁜 집
안일과 공부하는 사이 틈을 내어 제 자신을 채찍질
하며, 마오둔과 함께 장편소설『무지개』를 완성시
킨 것입니다. 소재는 제가 제공하고, 원고지에도 제

29　是永駿(1988)「京都高原町調査」(1), (2)」『茅盾研究会会報』6, 7
　　호 참조.

가 옮겼습니다. 옮기면서 수정을 하여, 완성된 것이
상하이의 상무인서관(商務印書館)에서 발행하는『소설
월보(小說月報)』에 연재되어 주목을 받은 것입니다.」[30]
그녀는 또한 이렇게도 말하고 있다. 「후란치의 경력
은 제가 알고 있는 한의 것은 모두 그에게 들려주었
습니다. 청두, 루저우의 풍토와 인정, 거리와 건물의
모습도 이야기 하였습니다. 특히 삼협을 지날 때의
감각은 전적으로 제 자신의 경험에 의한 것입니
다.」[31] 마오둔은 회고록 속에서 삼협의 험난한 묘사
는 천치시우의 이야기 덕분이라고 말하며, 게다가
이렇게 덧붙이고 있다. 「이것으로도 알 수 있듯이
대강 풍경묘사 같은 것은 귀를 기울여 자세히 주워
들은 것에 상상을 가미함으로써도 가능한 것으로 반
드시 자신의 경험이 요구되는 것은 아니다.」[32] 하지

---

30 「秦德君手記──櫻蜃」, 中国文芸研究会会誌 『野草』第41號
   (1988), pp.75-76
31 沈衛威(1990)「一位曽給茅盾的生活與創作以很大影響的女性(1)─
   ─秦德君對話録」,『許昌師専学報』(社会科学版)제2기(1990), p.53
32 주4와 동일함

만 쌍방의 회상을 대조하여 알 수 있는 것은, 『무지
개』집필에 즈음하여 「귀를 기울여 자세히 주워들은
것」이라는 것은 천치시우의 이야기도 도움은 되었
겠지만, 스촨 각지의 풍경, 풍물을 세세하게 이야기
하는 친더쥔의 이야기를 그가 탐하여 듣고 얻어 낸
것을 가리키는 것일 것이다. 인물에 대해서도, 마오
둔은 다음과 같이 회상을 술회하고 있다.

> 작품 속의 주요 인물에 대해서도 염두에 둔 실제 인
> 물이 있었다. 혜(惠)사단장 (나중에 군단장이 되어 스촨 동부에
> 세력을 갖고, 군벌의 유력자 중의 하나가 된다)은 은근히 양선을
> 가리키며, (중략) 매여사(梅女士)는 중앙 군사 정치학교
> 무한(武漢)분교, 당시 여학생 중에 호(胡)라는 성씨의 사
> 람이 있었고, 부분적으로 모델로 삼았다. 이 여성의
> 이름에 난(蘭)이라는 한 글자가 있었기 때문에, 매여사
> 의 성으로 매(梅)라는 글자를 달은 것이다.[33]

---

33 주4와 동일함

마오둔은 여기서도 친더쥔의 존재를 회피하고 있
지만, 실제로 작품 속 인물에 대해서도 친더쥔은 결
정적인 역할을 하고 있다. 마오둔의 처녀작인『환멸
(幻滅)』,『동요(動搖)』,『추구(追求)』3부작(후에『식』으로 이름
지어진다)은 중국 문단에 센세이션을 일으키지만, 문
예계의 비판에도 직면한다. 친더쥔이 말하기를, 「마
오둔은 반복해서 제게 말했다. 그 소설 때문에 이런
소동이 일어날 줄은 생각지도 못했다. 아무래도 상
당한 분량이 있는 소설을 써서 평판을 바꾸지 않으
면 안 된다. 하지만 적절한 소재가 발견되지 않아서,
쓰려고 해도 쓸 수가 없어. (중략) 그럴 때 그는 제 경
력에 몹시 흥미를 가지고 저에게 끈질기게 예전 이
야기를 말해달라고 하는 것입니다.[34] 그래서 그녀는
자신의 경력을 말하고, 그녀의 친구인 후란치의 신
상에 대해서도 이야기하였다. 두 사람 모두 혁명여

---

34 「我與茅盾的一段情──秦德君手記」,「広角鏡」제151기(1985년
4월 16일).『식』,『무지개』라는 타이틀도 친더쥔의 제안에 의
한 것이라 한다.

성이다.

　친더쥔은 1905년 스촨성 쭝(忠)현에서 태어났다. 「5.4 운동」에 투신하여, 스촨에서 머리모양을 단발로 한 최초의 여성이 되었다. 1920년 여자의 단발, 남녀평등, 여성해방을 제창했기 때문에 학교에서 제적된 후, 청위성(陳愚生), 윈다이잉(惲代英), 덩중샤(鄧中夏), 리다자오(李大釗) 등과 함께 혁명 활동에 종사했다. 1922년 난징(南京)의 국립 동남 대학 교육학부에 진학, 1925년 서안에 부임하여 성립(省立)여자사범, 여자중학교에서 교편을 잡는다. 1927년 북벌에 참군하여, 남북회사(南北会師) 및 중원(中原)전쟁에 참가. 「4·12」 쿠데타 이후 상하이에서 천왕다오의 소개를 받고서, 선옌빙(沈雁水, 마오둔)과 함께 일본으로 건너가 일본을 경유하여 소련에 가려고 생각했다.[35] 후란치에 대해서는 친더쥔은 다음과 같이 적고 있다.

---

35 「친더쥔전략(秦德君伝略)」, 「야초」제42호(1988년 8월). 「전략(伝略)」에 의하면 친더쥔은 명말의 여걸 친량위(秦良玉)의 일족이라 한다.

　　그녀는 청두에서 태어나, 아버지는 한의사, 맏형
은 미국에 유학, 그녀는 결혼 생활에서 도피하여 청
두를 떠났습니다. 경위는 이렇습니다. 사촌인 양개지
(楊個之)가 부모를 잃고 외삼촌의 집, 즉 후란치의 집
에 몸을 의지하고 있었습니다. 그는 어떤 모피가게
도제를 하고, 가게 주인의 마음에 들어서, 가게를 맡
게까지 되었습니다. 호의 아버지는 이해 타산적으로
딸을 사촌인 양개지에게 시집보냈습니다만, 후란치
자신은 군속인 주계관(主計官) 웨이슈안요우(魏宣猷)를
연모하고 있었던 것입니다. 결혼 생활은 참으로 불행
하였습니다. 사촌은 이해타산적인 상인인 만큼, 마음
도 맞지 않고, 게다가 정부를 따로 두고 있었습니다.
어느 공연을 보러 간 날, 진을 치고 있었던 특별석에
는 또 한명 『관로대(管老大)』라 불리는 다른 여자가 있
었고, 그 여자가 부착하고 있는 진주를 연결해서 만
든 머리 장식이 사촌으로부터 받은 자신의 머리 장
식과 한 쌍인 것임을 눈치 채게 됩니다. 사정을 알게
되어 도망갈 결심을 하고, 루저우로 도망쳐 초등학교

교사가 되어, 생계 자립의 길을 요구했습니다. 후란
치는 매우 견고한 의지의 소유자로, 운명에 머리를
숙이고 굴복하지는 않고, 어디까지나 반항하는 그런
사람입니다. (중략) 얼마 지나지 않아 양선이 그녀를
광동에 파견하여, 부녀 간부 양성반으로 진학시켜,
후윈위(胡蘊玉)라는 중년의 부인이 동행했습니다. 이
렇게 후란치는 쓰촨에서 벗어나, 소용돌이치는 격류
처럼 삼협을 벗어나 광활한 인생 속으로 향했던 것
입니다.[36]

　후란치 자신도 회고록을 쓰고 있다. 그 회고록 속
의 기술에 의하여 친더쥔의 말은 입증된다. 『후란치
회억록(胡蘭畦回憶錄)』[37]에 따르면 후란치는 1901년 청
두에서 태어나, 청두에서 최초로 설립된 사립 여학
교에서 배우고 1921년 루저우의 천남(川南)사범 부속

36　「我與茅盾的一段情──秦德君手記」 「広角鏡」제151기(1985.
　　4.16). 『식』, 『무지개』라는 타이틀도 친더쥔의 제안에 의한 것
　　이라 한다.
37　『胡蘭畦回憶錄(1901~1936)』(四川人民出版社, 1985. 7)

초등학교 교사가 되었다. 당시 친더쥔도 같은 학교
에서 교편을 잡고 있었다. 후란치의 혼인을 둘러싼
상황은 거의 친더쥔이 말하는 대로이다. 다만 그녀
를 상인인 양개지에게 시집보낸 것은 아버지가 아니
라 어머니였다. 그녀가 16살 때 어머니가 중병으로
쓰러져, 어머니는 딸이 귀여운 나머지, 그녀의 혼담
을 결정해 버리지 않으면 안심할 수 없었던 것이었
다. 다른 점에서는 후란치가 후원위와 함께 배에서
청두를 떠난 것은 1924년 상하이에서 열린 전국 학
련 제6회 대표대회에 참가하기 위해서였다. 그리고
1925년 「530」사건이 일어났을 때, 그녀는 이미 상하
이를 떠나 충칭에 돌아와 있었다. 후란치, 친더쥔 두
여사의 회고록에 기초하여 보면, 친더쥔이 마오둔에
게『무지개』의 소재를 제공한 것은 사실이라고 생각
된다.『무지개』10장 중, 앞 7장은 거의 후란치의 경
력에 비추어 쓰여 있는 것을 보더라도, (뒤 3장에서는 주
인공인 메이싱수(梅行素)는 상하이에서 「5·30」운동에 참가한다), 그
사실은 믿을 만하다고 생각한다.

60

　마오둔은 주인공에 대해서 「중앙 군사 정치학교 무한분교의 여학생 중에 '후'라는 성씨를 가진 자」를 부분적으로 모델로 삼았다고 한다. 후란치는 1926년 10월 충칭에서 중앙 군사 정치학교 시험을 치러 합격하였다. 1927년 2월 무한분교의 입학식이 거행되어, 참석한 3000여명 학생 중 200여명이 여학생이었다. 후란치의 학교생활은 같은 해 4월까지이다.[38] 마오둔도 바로 그 시기, 무한분교에서 가르치고 있었다. 하지만 후란치의 회고록에서 이 시기에 관한 부분에는 마오둔을 언급한 부분은 없었고, 오로지 덩옌다(鄧演達), 윈다이잉(惲代英)이 그곳 쓰촨에서 온 여학생에 관한 것만이 이야기되고 있다. 그녀가 두세 달에 분교를 떠난 적도 있지만, 분교 교단에 섰던 마오둔은 그녀에게 별다른 인상을 남기지 않은 것 같다.[39] 친더쥔도 「그는 1927년 중앙 군사 정치학교 무한분교에서 후란치를 만난 적이 있지만, 단지 그것뿐이고, 두 사람은 그리

38　위의 책, pp.122-160.
39　위의 책, pp.122-160.

친하지도 않은 그런 사이였습니다.」라고 말하고
있다.**40**

　마오둔은 풍경 묘사 같은 것은 「반드시 자신의 경
험이 요구되는 것은 아니다」고 하였다. 그렇다면 인
물 묘사의 경우 어떠한가. 『무지개』집필을 회고하는
부분에서 그는 이렇게 말하고 있다. 「인물을 그리려
면 그 사람을 종종 만나고, 또한 각 방면에서 오랜 시
간에 걸쳐서 관찰해야 한다.」**41** 마오둔이 후란치를
「종종 만나고」, 「오랜 시간에 걸쳐 관찰」할 수 있었
던 가능성은 없었던 것 같다. 만약 그것이 가능했다
면, 마오둔의 회고록이 「'후'라는 성씨의 여학생」의
한마디로 끝날 리가 없었다. 그에게 있어서 「종종 만
나고」, 「오랜 시간에 걸쳐 관찰」할 수 있었던 대상은
다름 아닌 동거하고 있었던 친더쥔이었다. 당시 이미
처자식이 있었던 마오둔은 사십 여년 후 당시를 회상

40　沈衛威, 「一位曾給茅盾的生活與創作以很大影響的女性(1)──秦
　　德君對話錄」 앞의 논문, pp.53-54.
41　주4와 동일함.

하는 부분에서, 일본 「망명」시 동거생활을 보낸 상대
인 친더쥔의 흔적을 지우려고 했을지도 모른다. 그것
때문에 『무지개』라는 작품의 성립에 대해 궤변을 늘
어놓는 결과에 빠진 것이라고 추측할 수 있다.

마오둔은 친더쥔과 함께 상하이에 돌아온 1930년
4월을 회고할 때도 같은 방법을 사용하고 있다[42]. 회
고록이라는 장르는 원래 과거의 모든 것을 담고 있
는 것이 아니라, 저자는 수시로 「여과법(濾過法)」을 사
용하여 인물이나 사건을 여과하고 있다고 생각된다.
마오둔이 친더쥔을 피하려고 그녀를 여과해 버리는
것은 그의 자유이지만, 궤변을 늘어놓는 자유가 있
다고도 생각할 수 없다. 마오둔에게 자신의 경험과
친구인 후란치에 대해서 이야기하는 친더쥔에게는
스스로를 소설에 등장시키는 쾌감도 수반하고 있었
을 것이다. 이야기하는 친더쥔이란 존재가 있어서

42 茅盾「秦德君手記『櫻蜃』解説」,(『野草』第42號) 및「茅盾文学の光
    と影──秦德君 手記의 파문」,(『季刊中国研究』제16호, 中国研
    究所, 1989년 9월) 참조.

『무지개』는 나오게 된 것이며, 『무지개』의 성립에 대해 친더쥔은 문학사에 올바른 위치를 차지할 만한 존재인 것이다[43]. 그에 반해, 『무지개』의 성립에 대한 마오둔의 회고는 진실성을 결여한 것으로 간주되어도 어쩔 수 없을 것이다.

2) 『무지개』의 문체와 사실성

모델 소설로서 『무지개』

작가 자신도 작품의 소재 제공자도 『무지개』에는 모델이 있다고 인정하고 있다. 그러면 『무지개』는 「모델 소설」인 것일까. 「모델」이라는 개념에 대해서, 마오둔은 다음과 같이 말한다.

「모델」이라는 경우, 한 사람은 그에 해당하는 사람이 필요한 것이지만, 그렇다 해도 그 「모델」의 신

---

43 위의 논문 참조.

상, 처한 상황에서 목소리와 미소에 이르기까지 일일
이 집착하고, 결국 그-또는 그녀-를 위해 한 폭의
행락 그림을 그려 아무런 변화도 없이 끝난다는 것
은 안 되는 것이고, 그 「모델」의 생각이나 성격 등을
다른 형태를 갖춘 육체(창작에 의한 것이라도 상관없다)에
주입해야 하는 것이다. 이렇게 함으로써 독자는 그
인물에 대해서 잘 아는 사람처럼 생각할 수 있지만,
그것이 누구인지는 특정할 수 없게 되는 것이다. 이
래야만 「모델」이 있는 사실적인 인물은 넓은 사회의
여러 사람들, 많은 대중 속의 하나라는 것이 되고, 독
자가 그 인물을 특정하여 그 인간에 대해서 어떤 견
해를 취해 버리는 것을 피할 수 있다. 이 방법을 「모
델」의 중인화(衆人化)라고 한다.[44]

이 「중인화」된 「모델」은 이미 본래의 「모델」의 면
모를 잃은 것이며, 그 방법은 어느 쪽이라 말하자면

---

44 沈雁冰(1990)『小説研究ABC』上海書店, 影印 , p.83. 첫 출간은
   世界書局, 1928년이다.

인물의 「전형화(典型化)」에 가깝다. 『무지개』속의 「모델」은 다음과 같이 설정할 수 있다.

메이싱수(梅行素)＝후란치(胡蘭畦), 쉬치쥔(徐綺君)＝친더쥔(秦德君),

리우위춘(柳遇春)＝양거즈(楊個之), 웨이위(韋玉)＝웨이슈안요우(魏宣猷),

혜사단장(惠師長)＝양선(楊森)

마오둔은 「메이싱수」의 「메이(梅)」는 같은 꽃 이름 「난(蘭)」이라는 글자에서 생각해 냈다고 한다. 「싱수(行素)」는 아마도 「아행아소(我行我素)」(내 길을 간다)에서 착안한 것일 것이다. 친더쥔은 일본 체재 중, 이름을 바꾸어 왕팡(王芳)이라 자칭하고 있었지만, 일본으로 건너가기 이전 상하이에서는 쉬팡(徐昉)이라는 가명을 사용하고 있었다.[45] 후(胡), 친(秦)두 여인의 젊은 시

---

45 「秦德君手記──櫻蚕」앞의 책, p.65.

절 사진[46]을 보면, 머리 모양을 제외하고, 마오둔은 거의 그녀들의 외모를 본뜨고 있다. 특히 후란치의 아름다운 눈, 입가, 통통하고 희고 갸름한 얼굴은 그대로 묘사하고 있다고 해도 좋을 것이다. 매여사와 리우위춘 사이의 갈등에 대해서는 선웨이웨이(沈衛威)가 친더쥔에게 인터뷰했을 때의 대화에 다음과 같은 구절이 있다.

> 沈 : 메이싱수가 남편인 리우위춘과의 사이에서 벌어지는 타협, 반항, 결렬이라는 프로세스는 후란치를 원형으로 한 것이겠지만, 내 느낌으로는 그것은 또한 당신과 무지보(穆濟波)와의 결혼과정과도 흡사하다는 인상을 받았습니다. 특히 메이싱수의 심리상태, 그 중에서도 성심리(性心理)에 대해서는 상당 부분에 걸쳐서 당신과 무지보와의 생활을 그대로 옮겨놓고 있다고 생각할 수 있습니

---

46 『胡蘭畦回憶錄』,「秦德君手記——櫻蜃」에는 모두 그녀들의 젊은 시절의 사진이 첨부되어 있다.

다만,

秦 : 제 체험이 포함되어 있습니다. 왜냐하면 저는 제
　　경력으로 말할 만한 것은 빠짐없이 마오둔에게
　　들려주었습니다. 당시는 정말 마음 속 깊이 그를
　　사랑했으니까.[47]

만약 친더쥔, 무지보 두 사람 사이의 불화가 『무지
개』의 묘사 속에서 가장 빛을 발하는 메이싱수, 리우
위춘의 혼인을 둘러싼 장면[48]에 투영되고 있는 것이
라고 하면, 『무지개』의 구조는 더욱 다층화하고, 단
순한 「모델」소설로 보기는 어려워진다. 왕덕위는 마
오둔의 『들장미』를 논한 구절에서, 마오둔의 male·
feminism에 대해 이렇게 말하고 있다. 「마오둔의 소

47　沈衞威「一位曽給茅盾的生活與創作以很大影響的女性(1)——秦
　　德君對話録」, 앞의 논문, p.54.
48　샤즈칭(夏志清, C.T.Hsia)은 메이싱수와 리우위춘과의 결혼
　　불화와 갈등의 심리묘사를 마오둔의 소설 속에서 가장 절묘
　　한 문장으로 들고 있다. 劉紹銘 편역, 『中国現代小説史』[A
　　History of MODERN CHINESE FICTION](友聯出版社, 1979.
　　7), pp.129-130.

설에 등장하는 여성은 상대 남성보다도 행동적이다」,
「마오둔은 많은 여성을 묘사했는데, 그 필치가 매우
여성적인 것은 주목받아서 좋다」, 「마오둔의 male·
feminism 이야기에는 뿌리 깊은 양가성(ambivalence)이
숨겨져 있다.」[49] 이러한 논점은 우리들을 다음과 같
은 가설로 끌어 들인다. 즉 메이, 리우 사이의 결혼
을 둘러싼 갈등을 써나가는 마오둔은 자신의 결혼에
얽힌 갈등에도 생각이 미쳤던 것이 아니냐는 것이
다. 마오둔의 부모는 종이 인형 가게의 마오둔을 콩
더즈(孔德沚)에게 장가보내기로 되어 있었다. 마오둔
은 18살 때 자신의 의지로 결정하고 싶다고 부모에
게 말했지만, 이미 아버지는 없었고, 어머니는 완고
하게 결정한 것을 굽히려고 하지 않았다.

　게다가, 아버지 쪽의 사촌 「표고모(表姑母)」에 해당
하는 왕후이우(王會悟)가 그에게 애정을 갖고 있던 것
도 있고, 어머니는 신부의 출가를 재촉, 출가 당일

49　David Der-wei Wang, *Fictional Realism in 20th-Century
China*(Columbia Uni- versity Press, 1922), pp.78-80.

왕후이우는 피를 토하고 쓰러져 버리는 등의 사건이 있었다.[50] 왕후이우는 원래 옆집에 사는 여성으로 표고모라 하더라도 나이는 마오둔보다 아래였다.[51] 만일 마오둔이 자신의 결혼의 비극을 『무지개』의 메이싱수, 리우위춘 두 사람 사이의 불화로 담아낸 것이라면, 메이싱수의 고뇌에 마오둔의 그것이 감추어졌던 것이 되고, 그 성적 도착 의식을 동반하는 심리는 왕덕위의 논점을 보강하는 것이 된다. 허구(픽션)라는 것은, 독자에게 다층적, 다의적인 작품읽기를 가능하게 하기 때문에 허구로 성립될 것이다. 메이싱수, 리우위춘 사이의 불화는 후란치의 행적이 소재로 사용되고, 그 행적을 말하는 친더쥔은 스스로의 경험을 오버랩시켜 그것을 그려내는 마오둔 자신 스스로의 결혼과 관련된 고뇌를 중첩되게 하고 있었다면, 『무지개』를 단순한 「모델」소설이라 하기는 더욱 어렵게 되고, 그러한 관념을 벗어나 쓰인 픽션이

---

50 「秦德君手記──櫻蜃」, 앞의 책, pp.66-67
51 茅盾(1981)『我走過的道路』上册, 人民文学出版社, p.145

라는 것이 된다.

픽션으로서의 『무지개』

소설 속의 메이싱수는 청두의 중산층 가정에서 자란 재색을 겸비한 여성이다. 그녀는 부모가 정한 결혼에 반항하지만, 때로는 남편의 생리적인 욕구(그것은 자신의 욕망이기도 하다)에 굴복한 적도 있었다. 그래도 반항 의지를 관철하여 달아나, 루저우에 부임해서 초등학교 교원이 되어, 자립한 여성으로의 삶을 추구해 나간다. 하지만 새로운 문화를 제창하는 학교 교원 사이에는 여전히 봉건 의식이 만연하여, 연애유희의 광태가 벌어지고 있었고, 그 와중에 휘말리게 된다. 그녀는 학교를 떠나, 청두로 돌아와서 성장(省長)인 군벌의 가정교사로 들어가게 되지만, 거기서도 질투를 받아, 마침내 장강을 떠나 상하이로 들어가 혁명에 몸을 던지려고 한다. 이것이 『무지개』의 대략적인 줄거리이다.

메이싱수의 여성 해방 사상이 어떻게 형성되었는

지, 독자는 그녀의 신문, 잡지나 책을 읽는 행위에
서 추측할 수밖에 없다. 그녀는『매주평론(每周評論)』,
요사노 아키코(与謝野晶子)의「정조론(貞操論)」이 게재된
『신청년(新青年)』, 『학생조(学生潮)』, 『짜라투스트라는
이렇게 말했다』번역서 중의 몇 단인가를 살펴보았
다. 메이싱수의 독서 행위 묘사는 일일이 셀 수가 없
을 정도이지만, 독서를 하는 그녀의 시선이 머무는
곳에 무엇이 적혀 있는 것인가, 작품 속에서 요사노
아키코의「정조론」의 내용에 대해 언급된 것은 없으
며, 메이싱수의 마음을 사로잡았던『짜라투스트라
는 이렇게 말했다』속의 경구가 어떤 것이었는지도
적혀 있지 않았다. 어떠한 사색이 도출되는, 혹은 그
사색이 다른 어떤 행위의 발단이 되는, 그러한 전개
를 가져오지 않는 독서 행위라는 것은 작품 속에서
고립되어 버리고, 작중 인물의 사상형성에 어떠한
의미도 갖지 않는다.『무지개』에 나타난 메이싱수의
독서 행위는『인형의 집』(『노라』)에 대한 언급(제3장)
을 유일한 예외로 하고, 그 대부분이 그녀의 시선 저

편에 있는 것에 대한 사색을 동반하지 않는 무의미
한 것으로 끝나고 있다.

　메이싱수의 「사상 해방」은 이러한 엉터리 독서 행
위를 통해 그려지고 있었기 때문에, 결과적으로 당
연한 일이지만, 그녀의 사상은 필연적인 발전도 없
었고, 해방으로 향하는 전개도 나타나 있지 않았다.
메이싱수가 사회와 시대의 움직임에 대해 인식회피
의 태도로 일관하는 일면을 볼 수 있고, 전국 학생
연합회에 참여하기 위해 상하이에 도착한지 얼마 안
된 그녀는 한때 수많은 신문, 잡지 서적을 접했음에
도 불구하고, 그 의식은 「그녀의 지금까지 생활은 단
지 호색한 주제에 오래된 도덕에 관해서는 언급할
수도 없는 말단 관료와 정객, 군인 따위를 어떻게 조
종할까를 체득시켰을 뿐이었다. 그녀는 치우민(秋瑾)
여사와 같은 리우위춘의 인간의 안색이나 행동에서
그 마음을 읽을 수는 있지만, 신문기사 속에서 사회
가 요구하는 것을 알아 낼 수는 없었다.」(제8장)라는
상태이다. 메이싱수의 이와 같은 의식은 그녀가 군

73

벌과 관료 같은 통치자들의 영역에 속하고, 그 속에
서 살아 왔다는 것을 의미하고 있다. 그녀가 학생 연
합회 회의에 참가한 것도 「전국 학생 연합회에 참가
한다는 구실로 요란스럽게 달라붙는 별 볼일 없는
장군에게서 벗어나기 위함에 지나지 않았던」(제1장)
것이다.

　그래도 메이싱수의 독서행위가 이 소설의 가장
중요한 모티브와 관련된 장면이 없는 것은 아니다.
하나는 리우위춘이 메이싱수의 환심을 사기 위해 함
부로 서적류를 사들여, 그의 이러한 행위가 무형의
속박이 되자, 차츰 그녀를 압박하고, 어느 날 그녀는
문득 리우위춘이 불쌍하게 생각되어 그의 포옹을 받
아들인다. 메이싱수의 리우위춘에 대한 생리적인 저
항은 이와 같은 형태로 사라지고 굴복해 버리고 마
는 것이었다. 또 하나는, 메이싱수가 황인명(黃因明)의
사상, 인격을 이해하기 어려운 것으로 생각하고, 그
생각을 단문으로 했기 때문에, 평소 읽고 있었던『학
생조(学生潮)』에 보낸 것이다. 그 단문을 접한 황인명

이 메이싱수에게 자신의 신념을 밝힌다. 「나는 내 자신에게 이렇게 타 일렀어」. 『그녀가 그렇게 괜한 질투심을 품고 있다면, 정말 그녀의 남편(황여사의 사촌)과 관계를 가지고, 그녀의 반응을 볼게』 나는 내 스스로 생각했던 대로 했어요. 특별히 그녀의 남편을 빼앗은 것도 아니고, 남편 역시 그녀의 것이에요. 원래대로에요. 다리나 팔이 어느 하나 부족한 것도 아니고, 다른 어떤것이 부족한 것도 아니에요. (중략) 사촌의 신부를 보더라도, 나는 그녀의 머리카락 하나 상처 준 것이 아니에요.」(제4장) 황여사의 이러한 신념은 대부분 「성(性)」의 해방을 제창하고 있는 것이다. 마오둔은 후에 「수조행(水藻行)」(1937년)속에서, 재희(財喜)라는 남자에게 이와 유사한 「성」의 해방을 연기하게 한다.[52]

『무지개』가 우리에게 보여준 소설세계는, 결국 「성」의 인습(因習)보다 발생하는 여러 가지 문제, 즉

---

52 『茅盾全集』제9권(人民文学出版社, 1985), p.299 참조.

「성」본능에의 굴복과 그 굴레에서의 탈출 및 「성」
해방을 둘러싼 갈등이다. 작품 중에는 서, 매 두 명
의 「동성애」적으로 생각할 수 있는 행위(눈빛으로 포옹
하는, 얼굴과 머리카락을 쓰다듬는, 목에 달라붙는, 얼굴을 양손으로 바
치듯이 하는, 가슴에 뛰어 들어 안는, 같은 침대에서 자는 등)도 종종
기록된다. 텍스트에 의하면, 『무지개』의 「사실성」은
메이싱수의 사상해방에 있는 것이 아니라 「성」의 인
습을 둘러싸고 벌어지는 다양한 갈등에 있다고 말할
수 있으며, 그것은 또한 마오둔 스스로의 내면에 잠
재되어 있는 갈등이기도 하였으리라 짐작할 수 있는
것이다.

　작품의 텍스트에서 벗어나 작품의 사회적 배경으
로 눈을 돌리면, 우리는 「5.4」에서 「5·30」에 이르는
이 시기에 쓰촨 루저우에서 진행된 교육개혁(윈다이잉
(惲代英)이 천남(川南)사범에서 이 개혁을 지도했다), 이 개혁의 흑
막인 쓰촨군벌 양선이 일시적으로 취한 용공자세,
리우샹(劉湘) 등 군벌 각파간의 싸움 「5·30」운동을 추
진한 노동운동 등을 생각할 것이다. 하지만 마오둔

은 그것들을 「사실적」으로 작품에 기술하지 않고, 그러한 사회동태는 작품의 점경(點景)으로 조롱하듯이 처리되어 있다. 장종칭(莊鍾慶)은 「『무지개』는 비교적 리얼하게 「5.4」에서 「5·30」에 이르는 시기의 사회의 거대한 변화를 그려내고, 인민의 반제 반봉건의 혁명적 요구를 반영하고 있다」[53]고 말하고 있지만, 상하이 거리에서 펼쳐지는 「5·30」의 군중 데모를 제외하고는 다른 어떤 것도 시대의 사회 동태 묘사를 찾아 볼 수 없다.

『무지개』에서 마오둔은 시대의 사회적 변화를 리얼하게 표현하고 있지는 않다. 만약 사실주의가 「사회 현실을 리얼하게 그리는 것」을 의미하는 경우, 『무지개』는 그러한 사실주의의 「사실성」을 갖추고 있지는 않다. 『무지개』가 획득한 「사실성」은 또 다른 「사실주의」에, 즉 작가가 자기의 실존적 존재를 그 안에 있게 함으로 인해 성립된 「사실주의」로부

---

53 莊鍾慶(1982) 『茅盾的創作歷程』 人民文学出版社, p.89

터 유래한다고 생각할 수 있다. 이러한 의미를 갖춘 사실주의 작품에는 플로베르의『보봐리 부인』이 그러하듯이, 작가의 실존적 존재는 작품 깊이 감추어져 있고, 작품에 상통하는「기조저음(基調低音)」으로 울려 퍼지는 것이다. 마오둔은 그 자신의 의식의 내면을『무지개』에 잠재하게 하여, 자신의 이성관, 결혼관 그리고 결혼에 얽힌 갈등을 도려내고『무지개』를 관통하는「기조저음」으로 한 것이라는 소논문의 가설은『무지개』라는 작품을 해독하는 열쇠가 될 수 있다고 생각한다.

『무지개』의 문체

마오둔은 원래 견고한 상황 형성을 잘 만드는 작가이며, 그것이 그의 소설 문체의 주요한 특징이 되기도 한다. 즉 등장인물의 시각, 청각의 기능과 그 반응이 그 인물의 동작, 행위와 함께 교묘하게 각 상황을 형성하고, 인물의 개성은 상황 속에서 인물의 행위를 통하여 묘사된다. 마오둔의 문체 관념은

1920년대 초에 이미 그 기초가 이루어 졌다고 볼 수 있다. 1922년에 발표된 「자연주의와 중국 현대 소설」은 마오둔의 자연주의 수용 방식을 알 수 있는 알맞은 평론이지만, 마오둔 자신의 창작 방법의 매니페스트로서 읽는 것도 가능하다. 「객관적 묘사」와 「현장 관찰」이라는 표현 방법으로 기울어진 자연주의 수용을 내세운 이 평론 속에서, 마오둔은 동시에 인물의 동작이나 인물이 등장할 때의 묘사를 매우 중시하고 있다. 「만약 살아 움직이고 있는 인간이라면, 동작을 할 때 그 전신에 표정이 나타날 것이며, 우리는 그러한 표정에서 그 사람의 내면의 움직임을 간접적으로 엿볼 수 있을 것이다. 진정한 예술가의 특성이라는 것은 수많은 동작 중에서 요긴한 것을 하나 골라, 그 동작의 묘사를 통하여 그 인물의 내면의 움직임을 표현할 수 있는 것임을 알아야 한다. 이렇게 하여 기록된 인생이야말로 예술적 가치가 있을 것이고, 예술작품이라고 말할 수 있다!」[54] 이 의식이 바로 마오둔의 표현 방법의 핵심 부분을 형성하게

79

된다.

후에 1929년 10월, 『무지개』 집필과 같은 해에 마오둔은 『서양문학통론(西洋文学通論)』을 완성하였다. 폭넓은 문학 통사 속에서 그는 플로베르와 낭만파의 차이에 대해서 자세히 언급하고, 낭만파가 「주관적, 열정적이고, 개성을 드러낸다.」는 것에 대해, 플로베르는 「객관적이고 냉정한 마음으로 사물을 보고, 개성은 숨겨져 있다」, 「그 (플로베르)는 전력을 다하여 그 자신의 이야기 속으로 뛰어 들지만, 소설 속에 표현되는 그의 태도는 매우 냉정하였다. 그는 이처럼 자신의 주관적 감정을 억제하고 그것이 작품 속에 섞이지 않도록 노력하고 있다.」[55] 고 지적하고 있다. 작가의 감정이입을 경계하고 있는 정도라고 생각할 수 있지만, 그와는 별도로 작품 속에 던져진 작가의 전신전령은 숨겨진 것이라고, 마오둔은 여기에서 말

54 沈雁冰(1922) 「自然主義與中国現代小説」 『小説月報』第13卷7號, p.2.(書目文献出版社, 1981년 7월 영인).

55 茅盾『西洋文学通論』(原署名方璧, 上海世界書局, 1930. 8, 書目文献出版社, 1985. 5), p.107, 103.

하고 있다.『무지개』의 일본 번역본 역자인 다케다 다이준(武田泰淳)은『무지개』에 나타난 마오둔의 문체에 대해서「마오둔은 마음 속 깊이 열정을 감춘 채 냉정한 개미처럼 중국의 여자생활을 살펴보며 나간다.」[56]고 밝혔다. 다케다의 견해는 마오둔 자신의 문체관과 기이하게도 서로 상응하여, 마오둔의 문체의 특징을 정확하게 파악하고 있는 것처럼 보인다.

하지만,『무지개』에서 우리는 마오둔이 자랑하는 냉정한 객관적 묘사, 그 특색 있는 상황 형성과 인물 묘사를 좀처럼 만날 수 없다. 특히 메이싱수의 개성에 관해서는 작가가 항상 개입하여 그녀의 성격을 종종 논평한다. 예를 들어,「그녀는 목표를 정하면 결코 돌아보지 않는 류의 인간이다」,「그녀는 비범한 여자, 무지개 같은 사람이다」,「그녀의 천성인 강건, 과감 그리고 자신감」,「천성 속의 완고함과 자신

---

56 武田泰淳 역『虹』,『現代支那文学全集』제3권(東成社, 昭和15년 [1940년]2월),「解題」p.1-5. 다케다는 1장부터 7장까지를 번역하고 나중 3장은 번역하지 않았다.

감」이라는 식으로 재삼 메이싱수의 「천성」에 대해
서 설명을 하는 것이다. 작자의 이러한 개입설명과
함께 주변 인물의 메이싱수에 대한 시선을 통하여
메이싱수의 윤리적, 지적 윤곽이 구성된다[57]. 메이싱
수는 주위 사람의 싸늘한 조소와 경멸을 받게 되면,
그 사람들에게 복수한다. 주위의 남녀가 메이싱수의
외모나 신체에 던지는 호기심과 질투의 시선에 대해
서는 냉소, 과감한 웃음 또는 무시로 답한다. 그러한
그녀의 의식의 움직임을 그리는 작자의 필체는 참으
로 여성적이고, 미묘한 심리의 움직임을 정확하게
파악하고 있고, 여성의 심리묘사에 능숙한 마오둔의
면모를 생생하게 드러내고 있지만, 앞의 이러한 인
물은 이러한 성격이라고 작자가 개입하여 논평하는
부분은, 어떤 인물의 이미지 형성에 어느 정도의 기
능은 수행하더라도 마오둔은 이 방법을 애용하는 작

---

57 작자의 개입에 의해 윤리적, 지적 틀을 구성하는 점에 대해서
는, 웨인 씨 브스, 『픽션의 수사학(フィクションの修辞学)』(米
本弘一·服部典之·渡辺克昭 역, 서사풍의 장미, 1991년 2월)을
참조.

가는 아니었다.

『무지개』에서 이 방법이 많이 사용되는 것은 아마
도 마오둔이 친더쥔이 말하는 이야기에 귀를 기울이
면서 집필했다는 이 작품의 성립, 창작 배경에 기인
하는 것일 것이다. 이러한 「전문(伝聞)」상태 속에서의
집필 상황은 작품 속에서 메이싱수가 항상 쉬치쥔의
충고, 추론, 정보에 귀를 기울여서, 쉬치쥔에게서 들
어오는 소식을 기다리는 점에도 반영되고 있다. 이
러한 「개입논평」, 「전문」수법은 마오둔 본래의 사실
적 수법과는 거의 무관한 것이다. 게다가 마오둔이
메이싱수의 성격을 개입 설명 할 때의 필치는 「사실
」적 이라기보다는 오히려 「비사실」적이라고 할 수
있는 것이며, 주관적인 단정 어조로 메이싱수의 성
격을 묘사하는 대목은 「낭만파」의 그것으로 잘못 볼
정도이다. 무엇보다도 마오둔은 자연주의를 고취하
기 전에 한때 새로운 낭만주의를 제창한 적도 있다.
마오둔의 창작 의식의 복합적인 구조가 『무지개』 속
에 보이는 이러한 수법을 재촉했을지도 모른다.

마오둔이 잘하는 상황 형성은 『무지개』의 제8장 이후, 즉 소설의 무대가 쓰촨을 벗어난 후, 다시 말해서 「전문」상태에서 이탈한 후에 볼 수 있다. 예를 들어,

막 문에 들어서자마자, 사(謝)노선생의 걸걸한 웃음소리가 응접실로 쓰고 있는 아래층에서 흘러나오는 것을 들었다. 메이싱수는 쳐다보는 김에 문득 고개를 돌아보다가 전혀 뜻밖에도 그녀에게 웃음 짓고 있는 사람이 바로 ~걸 알게 되었다.

메이싱수는 변호사 간판이 걸린 윤기 흐르는 검은 대문을 넘어가면서, 전대인(轉貸人)인 변호사의 여자 하녀가 입을 삐쭉거리며 한쪽 입 꼬리를 올리며 웃고 있는 것을 보았다. (중략) 그녀가 가볍고 천천히 기계처럼 걸어서 윗 층 곁채 문밖에 다다랐을 때, 문은 잠겨있었지만 량강푸(梁剛夫)의 목소리가 들려왔다.

　이러한 감각(시각, 청각)반응이 인물의 동작과 함께 교묘하게 상황을 형성하는, 이것이 마오둔의 소설 문체의 기층을 이루는 구조이다. 하지만『무지개』의 제1장에서 7장까지 이러한 묘사는 전무에 가까운 것이다. 지금까지 언급한『무지개』의 문체의 특징, 즉 작가의 개입 논평, 전문의 수법, 전문 상황을 벗어나서 부활하는 상황 형성 등은 마오둔이 친더쥔이 제공한 자료에 의하여『무지개』를 집필한 사실을 텍스트 자신이 말하고 있는 것을 나타내는 것일 것이다.

3)『무지개』가 물어 보는 것 ― 작자의 실존

　『무지개』에 나타나는「사실」과「비사실」의 경계에 대한 기본적인 분석은 이상과 같지만, 이 경계는 작품의 텍스트에만 존재하는 것이 아니라, 그 원인은 작가의 실존적 존재, 존재 자체에 있다는 점에서 그 실존에 대하여 조금 언급해두고 싶다.

　우리는『무지개』에 나타나는「사실성」이 시대사

회의 움직임 속에 명백하게 드러나고 있는 것이 아니라, 메이싱수의 성적인 인습 하에서의 갈등에 명백하게 나타나고 있음을 살펴 볼 수 있었다. 메이싱수의 생리적인 굴복, 그 폐쇄적 상황에서의 탈출, 쉬치쥔, 메이싱수 두 사람간의 「동성애」적인 행위 황인명(黃因明)과 사촌과의 불륜, 『무지개』에서는 이러한 모티브가 마오둔의 글 속에서 빛을 발하고 있다. 또한, 처녀작인 『식』 3부작 이후 볼 수 있는 특징으로, 여성의 신체 묘사에 대한 집착과, 특히 가슴 묘사에 때로는 편집증적인 경향을 두드러지게 나타나고 있었음을 알게 되었다. 마오둔의 작가적 실존은 이러한 묘사 속에 깊이 감추어져 있는 것으로 생각되지만, 지금은 단지 깊이 숨겨져 있는 일종의 콤플렉스 또는 트라우마가 그의 실존을 구성하는 것이라고 추론할 수 있음에 지나지 않는다.

그 추론을 멈추게 되면 편집증적 경향을 보이는 묘사는 해석을 거부당하고 거기서 계속 머무르고 있을 뿐이라는 것이다. 신체 묘사 이외에도, 우리는 『무지개』에서 여러 번 「도둑고양이 같은」이라는 기묘한 형용어를 만난다(「이 도둑고양이 같은 황인명」, 「도둑고양이 같은 얼굴, 음울한 눈매」, 「이 도둑고양이 여사」 등). 황인명의 외모를 형용할 때 사용되는 이 표현은, 마오둔이 친더췬에게 자신의 결혼 상황을 이야기하는 중에서 콩더즈의 외모표현에 사용한 「도둑고양이」[58]와 관련하는지 여부. 이러한 「미궁」을 파헤칠 수 있다면, 마오둔 작품의 사실성(리얼리티)이 있는가로 작가의 실존에 다가갈 수 있는지도 모른다. 여성의 경우에는 이상할 정도의 집착이 어떤 종류의 매개체처럼 견고히 마오둔의 심리에 머물고 있다. 『무지개』에서는 모든 사회 동태가 마치 메이싱수를 묘사하기 위해 존재하는 부속품 같은 것으로 다루어져, 마지막 장인 제10장에 묘사된 「5·30」의 가두시위도 소방차 물대포에 젖은 쥐와 같은 꼴이 된 그녀를 서자강(徐自

---

58 마오둔은 일본으로 건너가는 배위에서 자신의 상황을 친더췬에게 말하고 결혼에 대하여 말할 때 신부 콩더즈를 표현하기를 「도둑고양이」를 꼭 빼닮았다고 말하고 있다.(주7)앞의 수기, pp.66–67.

強, 서기군의 사촌 동생)이 여관에 안내하고, 그녀는 거기에서 새로운 치파오를 제공받아, 병풍 너머에서 옷을 갈아입는다. 그 병풍에 서가 가까워지려고 하면, 「허공에 느닷없는 냉소가 맴돌았다. 그렇게 섬뜩한 냉소가 그의 발걸음을 멈추게 만들어 버렸다.」며 메이싱수의 통렬한 냉소가 들려오고, 병풍에서 나온 메이싱수는 「소파 옆으로 가서는 의자에 앉아 양말을 신었다. 치파오를 앞가슴 쪽부터 풀자, 하얗고 얇은 비단 속옷이 그녀의 풍만한 가슴을 감싸고 있었고, 은밀하지만 은은한 분홍빛이 내비치는 두 원형이 도드라져 있었다」는 자태에서 서를 현혹시킨다. 이러한 정경은 마오둔의 초기 소설 작품 중에서 자주 볼 수 있는 것으로, 우리는 바로 순우양(孫舞陽)(『동요(動搖)』)와 장치우리우(章秋柳)(『追求(추구)』) 등의 요염하고 고혹적인 자태를 떠 올릴 수 있다. 마오둔의 작가적 실존 여부는 이러한 묘사 언저리에 어렴풋이 보이는 것은 아닐까 생각한다.

03

「수조행(水藻行)」의 작품세계

마오둔의 단편소설 「수조행」(1936년)은 일본의 종합
잡지 『개조(改造)』[59]에 먼저 발표되었고, 중국에서는
다소 늦게 단편 소설집 『연운집(煙雲集)』에 수록되었
다. 중국 국내에서 발표되기 전에 일본에서 일본어
로 번역되어 발표되었다는 이 작품은 성립 경위도
바뀌어 있지만, 작품 내용도 중국 농민의 낙천적이
고 씩씩한 생활관, 특히 성도덕에 초점을 맞춘 이색
작품이다. 이 작품이 주목받는 것은, 우선 마오둔의

---

59 「개조」는 1919년 4월 창간, 1944년 6월 폐간, 1946년 복간,
1955년 종간. 전36권 455권. 마오둔은 「개조」에 두 번 등장한
다. 두 번째는 1950년 8월호에 「모스크바로의 여행(モスクワ
への旅)」(『소련견문록(ソ連見聞録)』의 초역)이 게재되었다.

작품 중 유일하게 해외(홍콩제외)에서 발표된 작품, 그
것도 일본에서 발표된 작품의 성립사가 흥미롭다는
점과 또 한 가지는 지금까지 이 작품에 대한 정당한
평가가 이루어지고 있지 않다는 것이다. 두 가지 점
에 대해 조금 언급하겠다. 이른바 마오둔에 관한「사전
저(四専著)」[60], 예즈밍(葉子銘), 사오보저우(邵伯周), 순중톈
(孫中田), 장종칭(莊鍾慶) 각각의 저작은 이 작품에 대해
전혀 언급하고 있지 않는 것인지, 작품명을 언급하
는 정도에 머무르고 있는 것인지, 언급했다고 하더
라도 반드시 정곡을 찔렀다고는 할 수 없는 그러한
정도이다.

　「사전저」에서 유일한 작품 평가를 내린 장종칭은,
「수조행」은「국민당의 폭정과 고리의 착취로 농민
이 살아가는 수단을 잃고, 결국 반항하게 되는 과정
을 묘사」한 것으로, 이 소설의 초점은 국민당 반동파

60　葉子銘(1978)『論茅盾四十年的文学道路』上海文芸出版社, 邵伯
　　周(1979)『茅盾的文学道路』長江文芸出版社, 孫中田(1980)『論
　　茅盾的生活与創作』(百花文芸出版社, 莊鍾慶(1982)『茅盾的創作
　　道路』人民文学出版社

의 심복인 촌장의 횡포, 그것에 대한 재희(財喜)의 저
항을 묘사함에 맞추어져 있다.[61] 폭정에 의한 생활고
와 농민의 저항이 이 작품의 테마라는 것이다. 「수조
행」의 초점인 성윤리에 대해서는 언급하고 있지 않
다. 「사전저」를 평했던 우푸휘(吳福輝)의 평론[62]은 별
도로 「수조행」을 중요하게 다루어 문제로 삼고 있는
것은 아니지만, 다음과 같은 흥미로운 비평을 하고
있다.

그의 작품이 가지는 거대한 역사성은 종종 그의
사상이나 감정이나 깊은 인생관 등보다도 훨씬 커다
란 존재로 자리매김하고 있다. 이 점은 노신(魯迅), 곽
말약(郭沫若), 노사(老舍), 파금(巴金)들과 비교해도 특출
하다. 하지만 그에게는 지금까지 피해온 그 시대의
도덕(원문 「도덕 가치」)을 다룬 소설 「수조행」, 『연운(煙

---

61 莊鍾慶 『茅盾的創作道路』 앞의 책 p.216.
62 吳福輝(1984) 「茅盾研究新起点的標識──評四本論述茅盾文学
    歷程的專著」 『文学評論』

雪」 등도 있다.[63]

우푸휘는 그 외에, 마오둔과 노사의 「현실주의(리얼리즘)」의 질적 차이에도 주목해야 한다고 하는 등 지금까지의 연구의 미비점을 지적하고 있다. 「수조행」에 관한 지적은 당연한 것을 말함에 지나지 않는다는 느낌도 있지만, 「사전저」에서 다루어진 방식에 비하면 괄목할만한 지적인 것이다.

1) 작품의 성립 경위

마오둔의 회고록[64]에 따르면, 「수조행」은 대략 다음과 같은 경위로 생겨났다. 1936년 2월경, 노신으로부터의 서신에서 개조사(改造社)야마모토 사네히코(山本実彦)의 원고 의뢰가 전해졌다. 노신이 일본어로 번역해준다고 하여 마오둔은 기뻐하며 집필에 착수

---

63 위의 책, p.79.
64 茅盾(1983)「抗戰前夕的文学活動」「新文学資料」3기

하여 2월 26일에 탈고, 노신에게 건네주었다. 그런데 8월이 되어 노신에게서 아파서 번역을 할 수 없으므로 「아큐정전(阿Q正伝)」을 번역한 야마가미 마사요시(山上正義)에게 의뢰했다는 취지의 이야기를 전해 듣는다. 야마가미 마사요시에 의한 번역이 다음 1937년 5월호의 「개조」에 게재되었다.

마오둔이 외국 독자를 상정하고 「수조행」을 쓴 것은 「개조」로부터의 의뢰였기 때문에 당연한 것이지만, 다음의 집필 의식은 이 작품을 보는 핵심이 된다.

「수조행」은 농촌을 소재로 한 소설이지만, 나의 비슷한 류의 작품과는 다르다. 나는 농촌의 날카로운 사회모순을 제대로 묘사하지는 않고, 작품의 배경에 스케치했을 뿐이다. 내가 역점을 둔 것은 성격, 체격, 정력, 사상, 감정, 모두가 분명히 다른 두 농민을 묘사하는 것이었다. 나는 이 소설을 쓰는데 하나의 목적이 있었다. 그것은 진정한 중국 농민의 형상을 만들어 내는 것이었다. 건강하고 낙관적이고, 정직하

고, 착하고, 용감한 농민의 모습을. 그는 노동을 사랑
하고, 악의 세력을 비하하고, 봉건 도덕(원문 「봉건 윤리」)
의 속박도 받지 않는다. 그야말로 중국 대지에서 살
아가는 진정한 주인인 것이다. 나는 외국 독자에게
말하고 싶었다. 중국 농민의 모습은 이러한 것이고,
펄벅이 『대지(大地)』에서 묘사한 것과 같은 것은 아니
라고.[65]

「수조행」은 두 인물의 대비 묘사에 주안점을 둔
것으로, 사회모순을 그리려고 한 것은 아니다. 도덕
적인 점을 포함하여 중국 농민의 진정한 모습을 보
여주고 싶었던 것을 작자 자신이 회상 속에서 말하
고 있다. 또한 「수조행」은 보잘 것 없는 단편으로 펄
벅의 장편 『대지』(1931년 작)에 도전한 마오둔의 의욕
적인 작품이기도 한 것이다.
　「수조행」을 일역한 것이 야마가미 마사요시임을

65　위의 책, pp.4-5.

처음 밝힌 것은 마루야마 노보루(丸山昇)씨이다. 「어느 중국 특파원(ある中国特派員)」[66]에서, 야마가미의 일기에 의해 그러한 것이 밝혀졌다는 취지를 기록한 후, 마루야마 씨는 다음과 같이 말하고 있다. 「(마오둔 단편집 『연운집』의) 『후기(後記)』에는 「수조행」을 제외한 모든 국내 정기 간행물에 발표된 것이라는 기술이 있다. 따라서 『개조』의 시작 부분에 원고 사진이 나와 있는 것과 아울러 생각하면, 마오둔에게서 직접 야마가미 또는 『개조』편집부에 보내 온 것으로 보인다. 요즘 중국 현대 문학 작품의 번역, 게재에 비교적 열심이었던 『개조』가 마오둔에게 기고를 요청한 것인가도 상상되지만, 자세한 것은 명확하지 않다.」[67] 그 알 수 없는 부분을 마오둔의 회고록이 보충한 것이다. 당시 「수조행」이외에 『개조』에 실린 단편 소설에는 소군(蕭軍) 「양(羊)」(1936년 6월호, 히다카(日高)·가지 와타

---

66 丸山昇(1976)『ある中国特派員──山上正義と魯迅──』中公新書
67 위의 책, p.179

루(鹿地亘)공역), 사정(沙汀) 「노인(老人)」(1937년 1월호 같은 역)
이 있다. 「양」게재에 있어서 노신이 서문을 보내고
있다. 글 중에서 신문학의 어려움을 언급한 후, 노신
은 이렇게 적고 있다.

····· 하지만 그 중에서도 단편 소설의 성적은 비교
적 좋은 편에 속해 있었다. 물론 걸작이라고 할 정도
의 것은 아니지만, 요즘 유행하고 있는 외국인이 쓴
중국에 대한 것을 다루는 것보다는 결코 뒤떨어져
있다고도 할 수 없다. 그 진실한 점에 이르러서는 오
히려 뛰어나다는 것이다. 외국 독자가 보면 진실하지
않은 점이 상당히 있을지도 모르지만, 하지만 그것은
대개 진실이다. 이번에 자신의 경박함을 돌아보지 않
고 최신 작가의 단편 소설을 선정해서 일본에 소개
하게 됐지만, 만약 쓸데없는 일로 끝나지 않는
다면 실로 엄청난 행복이다.

1936년 4월 30일 노신

또한 「양」의 편말에는 다음과 같은 「개조」편집부의 기사가 있다.

현대 중국 작가의 역작으로 이어지는 연재!!

우리 잡지는 일본 문화의 종합 기관으로서 세계적으로 웅비하고 있지만, 특히 인근 국가인 중국에서 엄청난 독자를 가지고 있다. 이번 야마모토(山本) 사장의 남경 - 상하이 유람을 기점으로 중국 문단의 모로호시(諸星)와 담합한 결과, 중일 문화 협력의 일보로서 앞으로 가급적 매월 한편씩 신예되는 역작을 소개하기로 하였다. 중국 문단은 본사의 새로운 계획 발표를 위한 예상치 못할 정도의 센세이션을 야기하고 있다.[68]

편집부의 열의는 알겠지만 왠지 과장된 말들의 나열이다. 실제로는 매월 한 편이라고 할 수는 없고,

---

68 「改造」1936년 6월호, p.160.

「양」, 「노인」, 「수조행」각 편은 몇 달의 간격을 두고
있다. 「수조행」을 게재한 호의 「편집공지」는 마오둔
으로부터의 기고에 쾌재를 불렀다.

중국 문단의 가장 커다란 존재인 마오둔 씨가 직
접 기고한 역작을 얻는다는 것은 참으로 기분 좋은
일이다. 마오둔은 노신이 없는 이후의 중국 문화를
짊어지고 있다.

「개조」1937년 5월호의 판권장에 따르면, 「쇼와(昭
和) 12년 4월 18일 인쇄 납본, 5월 1일 발행」으로 되어
있다. 마오둔의 집필 탈고에서 「개조」게재까지 약 1
년 2개월이 지나고 있었다. 상하이 양우(良友)도서 인
쇄회사 발행의 『연운집』[69])은 「1937년 3월 20일 조

---

69 판본은 신광(晨光)출판공사 발행의 『연운집(煙雲集)』(1946년
    7월 재판)에 의한다. 양우판(良友版)은 아직 보지 못함. 양우판
    에 대해서는 丸山昇씨의 교시에 따른다. 양우, 신광 양판 모두
    내용물은 같고, 이하의 단편 7편을 수록한다. 「煙雲」, 「擬『浪花
    』」, 「搬的喜劇」, 「大鼻子的故事」, 「"一個真正的中国人"」, 「水藻
    行」, 「手的故事」. 신광판과 『茅盾文集』제8권(1959년)수록의 「水

판에 넘긴다(조판에 낸다). 1937년 5월 20일 초판」이다. 5월 20일 출판인데, 5월 25일자의 마오둔 「후기」가 첨부되어 있다. 「후기」가 출판된 후의 날짜로 되어 있는 것은 무엇인가 잘못된 것이 아닌가 생각되지만, 어쨌든 바다 건너 일본에서 번역으로 먼저 빛을 본 1937년 4월 18일으로부터 약 한달 후 「수조행」은 중국 문단에 등장하였다.

2) 작품 세계 — 개방성과 민족성

「수조행」은 성도덕을 어떻게 묘사했는가. 마오둔은 펄벅을 의식하며 이 소설을 썼다고 하지만, 그것은 무엇을 의식하고 어떻게 묘사했는가. 소설은 중국의 대자연 속, 대지에서 살아가는 농민의 가난한 삶과 그 고통 속에서 살아가는 씩씩한 삶을 그리고 있다. 조카인 수생(秀生)부부의 집에 1년 전부터 기거하고 있는 삼

藻行」과의 사이에는 조그마한 자구의 상이점이 4군데 있을 뿐이다.

촌 재희가 수생의 아내(남편은 폐인에 가까운 병자)와 관계를
갖으며, 세 사람의 갈등이 시작된다. 살아가기 위한
힘든 노동, 봉건 도덕 등을 신경 쓰고 있을 수 없는 허
덕이는 생활, 그 속에서 맺어진 관계가 고뇌와 갈등을
가져온다. 이것은 딱히 상상을 초월할 만한 일은 아니
고, 민족을 불문하고 이러한 극한 상황에 가까운 엄격
한 생활과 그 안에서의 성관계는 있을 수 있는 것이라
고 생각된다. 문제는 그 상황을 생성하는 요소로서 도
덕, 수생부부와 재희 그들 세 사람의 관계에 대한 재
희의 낙천적이고 개방적인 성도덕이 가지는 의미이
다. 홀쩍 나타나서 부계(父系)의 친척 집에 기거한다는
습속이 갖는 민족성과 그 농촌 배경으로 펼쳐지는 대
자연의 공간 개방성이 불가분으로 합쳐져, 재희의 개
방적인 성도덕이 독자에게 일종의 카타르시스를 가져
오는, 이 소설의 리얼리티(진실성)는 여기서 요구된다.

　분명히 이 작품은 장종칭씨가 지적하는 것과 같
은 일면, 생활고와 저항의 의지를 그려내고는 있다.
억압하는 자에 대한 저항을 재희는 조금 직정적으로

나타내고, 노역을 재촉하러 온 촌장을 냅다 들이받고, 할 테면 해봐라는 기개를 보여준다. 그리고 그의 저항의지 아래에는 노동하는 자의 자부심이 있고, 마음 속에서 노동을 사랑하는 남자, 씩씩한 남자로 재희는 그려지고 있다. 펄벅 『대지』의 주인공 왕용(王龍)도 대지에서 일하는 것을 보람으로 삼는 남자이다. 두 사람은 어떤 점이 다를까. 왕용은 두려움의 심리라는 것이 있었고, 행운을 손에 넣었을 때도 불안에 쫓겨, 곧 재앙이 닥쳐온다고 생각하고, 신을 받들며 그것을 막으려고 한다. 두려움에서 오는 신불에의 귀의가 묘사되고 있지만, 재희에게 그러한 점은 조금도 없다. 그러한 점이 우선 결정적으로 다르다. 중국의 새로운 진정한 농민상을, 마오둔은 그리고 싶었던 것이라고 스스로 말하였다. 그 진정한 농민상을 형성하는 핵심으로 노동하는 자의 자부심과 그 자부심에서 발생하는 저항의 의지를 마오둔은 그린 것이다. 하지만 마오둔이 묘사한 것은 그 뿐만이 아니다. 또 다른 중요한 의미를 이 작품에 부여하고

있다. 그것이 개방적이고 낙천적인 성도덕인 것이
다. 재희는 임신한 수생의 아내에게 말한다.

> 저 녀석이 너를 짓밟고 걷어차는구나. 아 나 참을 수
> 없어. 뱃속의 자식이 잘못되면 어떡해야하나, 배 속의
> 자식이 녀석의 자식이라도 상관없어. 내 자식이라도
> 상관없다. 결국 너의 뱃속에서 나온다는 것이지. 모두
> 우리 집의 씨임에 틀림없다!(이하, 이치에 맞지 않는 경우에
> 는 야마가미 마사요시 역)

이 부분만 보면 재희는 단지 거친 감각, 좋게 말하
면 망양한 대범함을 지닌 남자로 밖에 생각되지 않을
지도 모른다. 그러나 비료로 쓸 수초를 찾으러 나간
배 위에서 수생에게 「나 말이야 고집이 세지 않아서,
오히려 굶어 죽더라도, 마누라가 서방질하는 것을 보
고 있을 수 있는 건지…」, 「여자가 다른 남자에게 말
이야, 정조를 팔더라도 양심은 지킬 수 있을까?」라고
듣게 되고, 그는 다음과 같이 생각한다.

그의 견해에 따르면, 하나의 폐인 같은 남자 세군
(細君)이 다른 곳에서……것과, 그 세군에게 양심이 있
는가 없는가 말하는 것은 완전히 다른 두 가지 사항
이다. 그렇다고 해도, 수생의 세군이 다른 한 남자
와……… 말하는 것 이외, 따로 어떠한 변화가 있는
것은 아니다. 수생의 세군은 여전히 수생의 세군이
다, 그녀는 아내로서 해야 할 모든 것은 가능한 해두
었고, 게다가 실제로 매우 능숙한 것이 아닌가……(밑
줄 - 고레나가(是永). 밑줄 부분은 야마가미 역을 바꾸고 있다)[70].

---

70 밑줄 부분은 야마가미역이 오역이라 생각되기 때문에 수정한
부분이다. 야마가미역에서는 「そうだとも」(「さうだとも」)라
고 표기해야만 하지만, 편의적으로 현대표기로 해둔다. 「仮り
にさうでないとしても──彼は考へた──」, 「彼女は妻として
のつとめは……」의 부분은 「一切はその細君が責任をとってや
ればよい事であり、事実その細君はさうやって居り」로   되어
있다. 참고로 인용부분의 원문을 소개한다. 「在他看来, 一個等
于病廃的男人的老婆有了外遇, 和這女人的有没有良心, 完全是両
件事。可不是, 秀生老婆除了多和一個男人睡過覚, 什麼也没有
変, 依然是秀生的老婆, 凡是她本分内的事, 她都尽力做而且做得
很好」 야마가미역에 대해서는 是永(1984)「『水藻行』の日本語訳
について)」『茅盾研究会会報』第2號

인용에서 다른 남자와 관계를 맺는다는 의미의 두 군데, 원문에서 「외도한 적이 있다(有了外偶)」, 「대부분 다른 남자와 자본 적인 있어(多和一個男人睡過覺)」부분이 생략되어 있다. 번역하지 않은 것인지, 번역을 했어도 인쇄할 때 복자(伏字)로 된 것인지, 지금 그러한 내용에 관하여 꼬치꼬치 따지지는 않겠다. 문제로 삼고 싶은 것은, 재희가 수생의 아내와의 관계에 대해, 적어도 그녀에게 뭐라 아무런 책망을 할 관계는 아니라고 보고 있다는 점이다. immoral(부도덕)이라는 관념이 아닌, amoral(unmoral)(도덕과는 관계가 없는, 초도덕(超道德))의 의식이다. 그것이야말로 이 소설이 가지는, 속박을 뚫는 개방성, 예견을 감춘 리얼리티가 있는 것은 아닐까. 세 사람의 관계, 노역에 대한 저항, 모두 아무런 해결을 보지 못한 채 소설은 끝난다. 그 후의 이야기 전개는 독자의 창조적인 상상 앞에 열려 있다는 의미에서, 이 소설은 「개방성」을 가지고 있다는 지적이 있지[7]만, 그것과는 다른 차원에서 작품 내부에 숨겨져 있는 개방성은 독자의 상상력을

자극한다. 인간의 자유에의 희구, 욕망은 어떤 작가
도 쓰는 것이다.『대지』의 왕용이든, 빈농에서 출세
하여 대지주가 되는 그의 욕망과 의지가 묘사되고
있는 것의 차이는 없다. 펄벅은 중국 농민의 기아 상
황, 토지와 돈과 여자에 대한 집착을 교묘하게 그려
냈다. 왕용은 욕망을 충족한다. 하지만 욕망 충족의
비탈길을 오르는 왕용은 자신의 정신을 욕망에 팔아
버리고 있다. 한편, 재희는 수생의 아내와의 행위를
후회할 때도 있지만, 그 행위에 대해서 적어도 상대
방인 수생의 아내에게는 어떠한 것도 비난할 점은
없다는 새로운 인식을 보여주고 있다. 인간의 양심
의 문제로서 수생의 아내는 아무런 책망을 받을 일
은 아니라는 도덕은, 성과 성애의 의식해방을 볼 수
있다. 욕망 충족의 언덕을 올라가는 것밖에 머리 속
에 없는 왕용과는 달리, 그는 정신·지성의 빛을 잃지
않았다. 마오둔이 펄벅의『대지』를 의식해서「수조

---

71 미시간대학 매이자(梅貽慈)교수의 지적. 楽黛雲(1983)「批評
方法与中国現代小説研討会"述評」『読書』4月號

행」을 쓴 집필 의식에는 앞서 언급한 노동의 자부심
과 그 자부심에서 생겨난 저항, 그리고 이러한 기성
도덕에 얽매이지 않는 정신들을 그려내고 싶다는 일
념이 있었던 것은 아닐까. 농민의 어려운 생활과 풍
습을 그리는 가운데, 저항의 의지와 대담하고 예측
가능한 도덕을 제기하여, 중국 농민의 진실된 모습
을 부각시키는, 그것이 이 소설의 리얼리티인 것이
다. 노신이 「양」의 서문에서 말하는 「진실」, 「그 진
실에 이르러서는 오히려 뛰어나 있는 것이다. 외국
독자가 보게 되면 진실되지 않은 점이 상당히 있을
지도 모르겠지만, 하지만 그것은 대개 진실이다」라
는 경우의 「진실」도 예견적인, 때문에 충격성을 가
지는 리얼리티를 의미하고 있는 것이다.

　「수조행」은 일본 문학계에 어떻게 받아들여졌던
것일까. 야마가미 마사요시의 일역문은 대화 부분을
이른바 농민들의 언어로 옮긴 힘찬 문장이다. 당시
의 독자가 이 「개조」 5월호의 창작 란의 권두를 차지
했던 「수조행」과 창작 란의 마지막을 장식한 가와바

타 야스나리(川端康成)의 「수구가(手毬歌)」,(「설국(雪国)」의 한
구절)의 날카로운 문장과의 대비 속에서, 일본과 중국
과의 문학 풍토의 차이까지 생각이 이르렀던 것은
아닌가 하는 것은 추측의 영역을 벗어나지 않는다.
단지 마루야마 씨가 인용하는 혼다 아키라(本多顕彰)의
비평(「요미우리 신문」 1937년 4월 28일)은, 이 야마가미 번역
에 의한 「수조행」이 일본 문단에 어느 정도의 충격
을 주었는지를 말하는 것은, 매우 흥미로운 것이다.
「주인공 재희, 조금 망막한 성격이 망막한 배경과 전
체 조화를 이루고, 그 안에 녹아있는 것이다. 거기서
우리는 스케일이 큰, 유구한 것을 느끼는 것이다.」고
평한 후, 혼다는 같은 것을 일본, 특히 일본적인 작
가가 그렸다고 한다면 어떠한가라고 물어보고, 아마
도 「망막한 환경을 날카롭지만 얕은 감각으로 번역
되어, 전체적으로 볼 수 있는 대신에, 감각의 과시가
있을 뿐이다. 기복하는 개별 사물에 대한 놀라운 감
각이 종종 표시되지만, 성격과 개별 사물 사이간의
관련에서 작동하는 지성은 종종 심히 희박한 것이

다」[72]라고 한다. 이 비평은 그대로 「개조」동월호의 가와바타 야스나리의 문장으로 대표되는 일본적인 감각, 일본 문학 풍토에 대한 비평이 된다. 「수조행」 이 그러한 일본적인 것과는 정반대인 존재로 혼다 에 의해 포착된 것은 주목받아도 좋을 것이다. 「수조행」은 각각의 단편이지만, 펄벅의 『대지』와는 다른 차원에서 진정한 리얼리티를 생성하는 작가 마오 둔의 문학적 정신이 마음껏 발휘된 걸작이라 할 수 있다.

---

72 주8) 앞의 책 pp.177-178

04

동거녀 친더쥔 탐방록

마오둔은 1928년 7월 초순부터 30년 4월초까지 1년 9개월 동안 일본에서 「망명생활」을 보냈다. 그동안 소설, 산문, 평론 각 분야에 걸쳐 활발한 문필 활동을 전개, 특히 장편소설 『무지개』는 이 시기를 대표하는 작품으로 높은 평가를 받아 왔다. 쓰촨 출신의 여성 메이싱수의 사랑과 혁명의 편력을 그린 이 작품은 총 10장으로 구성되고, 앞 7장의 무대는 쓰촨, 나중 3장은 상하이이다. 마오둔은 『무지개』집필 이전에 쓰촨을 방문한 적은 없지만, 작품 속에서 장강 삼협의 험난함을 비롯한 쓰촨의 풍토, 풍물은 리얼리티를 가지고 묘사되고 있다. 마오둔의 사후, 일

본 체류 중에 마오둔과 동거 생활을 보낸 여성 친더
쥔이 수기를 발표하여, 이『무지개』라는 작품이 그
녀와의 공동 집필에 가까운 형태로 생겨난 것임이
밝혀졌다. 친더쥔(1905~)은 쓰촨성 쭝현 출신으로,
「5.4 운동」 때부터 중국 혁명에 투신한 여성이었다.
천왕다오의 소개로 마오둔의 일본행에 동행, 당초
그녀는 일본 체류를 거쳐, 소련연방으로 향할 작정
이었다. 두 사람은 28년 12월에 동경에서 교토로 이
사한 후, 귀국할 때까지의 1년 4개월간 교토에서 동
거하였다. 그 교토에 머무는 동안『무지개』가 쓰여
졌다. 수기에 의하면, 주인공의 모델은 원래 무대가
되는 쓰촨의 풍물, 인정의 모든 것은 그녀가 마오둔
에게 말하고 들려주었던 것으로, 원고는 그녀가 정
서하고, 쓰촨에서는 사용하지 않는 표현 등 실수를
고쳤다고 한다. 「삼협을 다닌 적도 없는데 왠지 모
르게 박진감이 있다」라고 쓰촨 사람들에게 평가받
은 작품의 배경에는 의외의 장치가 숨겨져 있었던
것이다.

마오둔은 1927년 4월의 국공합작 붕괴 후, 무한에서 상하이로 돌아가, 칩거 생활을 하면서 첫 작품 『식』 3부작의 집필을 시작하였지만, 좌익분자 대청소를 노리는 국민당의 「체포령」 리스트에 올랐다. 그 추적의 손길을 벗어나기 위해, 아내와 두 아이를 상하이에 두고 일본에 「망명」하였다. 「망명」이라고 해도 실제로는 「일시피난」인 것이다. 당시는 일본에서도 좌익에 대한 탄압이 엄격해지던 시기에 해당하고, 마오둔은 일본 체재 중 특별 고등 경찰에 집중마크를 당하고 있었다고 회고록에 기술하고 있다. 동거 생활을 보내던 중, 두 사람은 미래를 약속하게 된다. 귀국 후에 이혼 소동이 일어나고 소동은 결국 친더쥔의 자살미수로 막을 내린 형태가 되어, 마오둔은 처자식이 있는 곳으로 돌아간다. 그동안 친더쥔은 일본 체재 중을 포함하여 두 번 임신하고, 두 번이나 마오둔의 입장을 받아들여 낙태를 하였다. 마오둔은 회고록 「내가 걸어온 길」 3권을 남기고 있지만, 친더쥔에 관해서는 한마디도 언급하고 있지 않

았다. 마오둔은 자신의 작품 성립 과정에 대해 꼼꼼
히 언급하는 타입의 작가이며, 그의 회고록은 집필
의식을 탐구하는데 있어서 귀중한 자료이지만, 그
회고록에 친더쥔은 등장하지 않는다. 그녀의 존재는
지워져 있다. 일반적으로, 실생활은 허구의 작품과
는 직접적으로 이어지는 것이 아니고, 작품의 상상
력에 어떤 방향성을 제시해주는 역할을 함에 불과한
것일 것이다. 실생활의 세세한 면을 살펴봄으로 작
품의 문학성이 해명될 것으로 생각하는 것은 착각에
불과하다. 마오둔과 친더쥔의 실생활의 자질구레한
일 등은 본래 다른 이들이 알 필요가 있는 것이 아니
고, 하나하나 따져볼 필요도 없는 것이다. 문제는 단
한 가지, 작품 『무지개』가 어떻게 성립했는가에 있
다. 회고록에서 한마디도 친더쥔을 언급하고 있지
않는 것은, 언급하고 싶지 않았거나, 언급하고 싶어
도 언급할 수 없는 사정이 있었거나 했을 것이고, 어
쨌든 회고록 집필시의 마오둔은 「언급하지 않는」것
으로 했다는 점이다. 하지만 친더쥔의 헌신적인 협

력 하에『무지개』가 성립한 것은 의심할 여지가 없을 텐데, 그녀의 존재를 언급하지 않고『무지개』의 성립 과정을 과연 어떻게 적을 수 있었을까.

마오둔은 회고록 속에서 주인공의 모델은 무한시대에 가르치고 있던 학생 중의 하나로, 삼협의 묘사는 동경 시절에 친구 청치시우로부터 들은 이야기를 바탕으로 한 것이라고 기술하고 있다. 주인공의 모델인 후란치는 같은 쓰촨 출신으로 친더쥔의 둘도 없는 친구이다. 마오둔은 1927년 무한에 있었고, 중앙 군사 정치학교 무한분교 강단에 선 적이 있었다.『후란치회고록』에 따르면, 그녀는 1927년 2월부터 4월까지 3개월 동안 그 분교에서 수학하고 있었다. 분교의 학생 수 3000여명, 그 중 여학생 200여명, 그녀의 분교시절 회고에 마오둔은 등장하고 있지 않지만, 이 미인이 마오둔의 눈에 띄어, 기억에 남았다는 것은 있을 수 있다. 회고록에「중앙 군사 정치학교 무한분교의 여학생인 후라는 성씨의 사람」을 부분적으로 모델로 삼았다는 그 자체는 그대로인 것이다. 하지만 「'후'라는 성씨의 사람」의 구체적인 경력 사항은 누구에게 들었는가. 그것에 관해서는 어떠한 것도 적혀 있지 않았기 때문에, 회고록의 독자는 무한 시대에 본인이나 누군가에게 들었을 것이라고 추측하며 읽어가게 된다. 본인에게 들었다면 다른 작품의 성립과정에 대해서 회고록에 상세한 기록을 남긴 마오둔이 『무지개』의 주인공에 대해서는 「'후'라는 성씨의 여학생」이라고 한마디로 끝냈다는 것은 생각하기 어렵다. 본인과 만나 어떤 인상을 가지고, 어떤 집필 구상을 했는가를 쓰는 것이다(왕샤오메이(王曉梅)의 담화 기록 속에서 후란치는 「마오둔을 만난 적이 없다」고 말하고 있다). 누군가에게 들었을 것이라고, 그 누군가가 친더쥔의 수기에서 판명된 것이다. 풍경 묘사도 「(『무지개』에 그려진)삼협을 지날 때의 감각은 오로지 내 자신의 경험에 의한 것」이라고 친더쥔은 어느 인터뷰에서 답하고 있다. 그녀의 수기와 그녀의 존재에 관해서는 입을 닫고 있는 반면, 다른 사람의 이야기를 꺼내는 마오둔의 회고록을 너그러운 마음가짐으로 읽고 비교해 본다면, 마오둔이 사건의 진실을 언급하는 것을 피하고 있다는 것은 분명하다. 원래대로라면 헌사(献辞)를 곁들일만한 『무지개』의 집필 협력자의 존재에 관해 입을 닫는다고 한다면, 『무지개』의 성립과 관련해서는 다른 사람을 끄집어내거나 하는 등의 수단에 의존할 것이 아니라, 일체 언급하지 않았어야 했을 것이었다. 친더쥔의 수기는 우선 「나와 마오둔과의 애정의 한 구절」이라는 제목으로 1985년 4월 홍콩의 잡지 『광각경(広角鏡)』(151기)에 발표되었다. 같은 해 9월, 북경의 자택에 친여사를 처음으로 방문하였다. 이후 홍콩에서 발표한 수기는 원래의 수기를 일부 수정한 것이며, 본의가 아닌, 있는 그대로의 형태로 발표하고 싶다는 제안이 있어서, 중국 문예 연구회의 연구 잡지 『야초(野草)』에 게재하였다(41호, 1988년 2월. 42호, 같은 해 8월). 본의가 아니라고 하는 것은 홍콩판에서는 그녀의 임신, 낙태, 자살 시도와 이혼 소동 등 마오둔의 실생활과 관련된 중요한 세세한 부분이 삭제되어, 그녀의 자살의 또 다른 원인이었던 마오둔 「반도(叛徒)」문제에 대해서는 언급하지 않고, 죽은 거장을 그리워하는 필체로 수정 된 것을 가리킨다. 중국 국내에서는 도저히 출판사가 나서지 않았고, 필체를 고치고 나서야 비로소 홍콩에서 출판되게 되었지만, 원래의 형태로 복원하고 싶다는 친더쥔의 염원은 실현되어야 한다는 생각에 그 요청에 응하여 공표한 것이다. 같은 해 12월, 북경의 여사 댁에서 두 번째 만났다. 85, 88년의 방문에 대해서는 다른 기회에 간단히 언급하겠다. 마오둔과 친더쥔을 둘러싼 문제, 이른바 「친더쥔 문제」에 대해서는 그녀의 수기에 대한 「해설」(『야초』42호)과 평론 「마오둔 문학의 빛과 그림자-친더쥔 수기의 파문-」(중국연구소 『계간 중국연구』제16호)등에서 필자의 견해를 밝혀 왔고, 일본에서도 마오둔 회고록에는 여과되어 숨겨진 부분이 있다는 것이 공통된 인식으로 자리매김하고 있다고 해도 괜찮을 것이다. 지난해 마오둔 탄생 100주년 기념 심포지엄(북경)에 참가하여 중국에서 친더쥔을 다룸에 있어서, 마오둔의 문

학적 명성과 품성에 상처를 준 여성으로 본다는 점
에서, 수기 발표 당시와 기본적으로 인식의 차이가
없다는 것을 알게 되었다.

　마오둔은 20세기 중국문학을 대표하는 작가의 한
사람이며, 그의 작품은 「사회」와 「성」이라는 인간
존재의 근원과 관계되는 의식을 시대상 속에 교묘하
게 그려내는 독특한 매력을 갖추고 있다. 하지만 아
무리 뛰어난 작가일지라도, 그 작가의 회고록 속에
궤변이 그대로 비판되지 않고 통용되어 좋을 리는
없을 것이다. 85년에 처음 만났을 때, 친여사는 입을
열자마자 「큰 뜻(大義)은 부모를 멸하다」라는 말로 이
야기를 꺼냈다. 수기를 써서 건넨 것은 사적인 원한
관계에 의한 것이 아니라, 마오둔이 스스로 과거를
왜곡하고 있다는 것에 의분을 느꼈기 때문이라고 한
다. 그 「의분(義憤)」은 작년(1996년) 심포지움 때 잠시 틈
을 내서 찾아가 세 번째 회견할 때에도, 시간은 지났
지만 역시 변함은 없었다. 곧 91살이 될 정도의 고령
으로, 친척에게서 면회도 한 시간정도로 해줬으면

한다는 제한이 있었지만, 본인은 기억도 말도 분명
히 하고 있었다. 방문한 이야기를 동행한 선웨이웨
이(沈衛威)씨가 정리해 주셔서, 필자의 주를 붙여 번역
을 하여 공표해 두고 싶다. 친더쥔 관계문헌은 끝에
정리해 두겠다.

친더쥔 탐방록

일시 : 1996년 7월 7일 오후 7시 – 8시

장소 : 북경 부흥문(復興門) 외대길(外大街)의 자택

방문자 : 고레나가 슌(是永駿), 선웨이웨이(沈衛威)(이
하「是」는 고레나가의 질문,「沈」은 선웨이웨이의 질문이다)

沈 : 지금도 여전히 일본에서의 일을 생각해내실 수
   있나요?

秦 : 할 수 있어요. 그(마오둔)는 소설을 쓰기 위해 저에
   게 소재를 제공하게 하였습니다. 제가 이야기를
   하고, 그가 쓰고, 그것을 또 제가 정서하고 다시
   수정하였습니다. 두 사람의 합작이라고 해도 좋

을 것입니다. 소설 『무지개』의 주인공은 후란치
입니다. 소설이 출판되자, 쓰촨 사람이 쓴 것이
라고 말하는 사람이 있었습니다. 쓰촨의 풍물이
나 인정은 모두 제가 이야기 한대로 그가 쓰고, 그
것을 제가 정서하면서 수정한 것입니다. 어떤 독
자는 이것은 쓰촨 사람의 손길이 닿은 소설이라고
했지만, 그는 쓰촨에는 가본 적이 없었습니다.

問 : 마오둔의 소설에는 여성의 신체 묘사가 많고, 발
과 가슴 묘사가 자주 나옵니다. 여기에는 당신의
어떠한 영향이 있습니까?

秦 : 저는 전족(纏足)을 도중에 그만둔 발(「대소각(大小脚)」)
이여서 전족(「소각(小脚)」)이 아닙니다. 오래된 풍
습인 전족을 그만두었습니다. 그가 발에 관해 자
주 쓰고 있던 줄은 몰랐습니다. 중국에서는 예전
에 전족의 풍습이 있었습니다. 우리 시대의 신여
성은 작은 조끼를 입고 있으며, 가슴의 형태는
선명하게 나와 있었고, 피부가 선명한 부분도 많
았습니다. 옛날 여자들은 빡빡한 속옷으로 가슴

을 조이고 있었기 때문에, 가슴은 평평했습니다. 저는 신여성이었기 때문에, 가슴을 풀어헤치고 다녔습니다. 당시 여성 해방은 발과 가슴을 해방 시키는 것으로부터 시작되었습니다.

[주 : 당시의 여성해방운동 속에서 여성들은 전족으로부터의 「발의 해방」(방각(放脚)), 「가슴 해방」(방흉(放胸)과 함께 「단발로 하기」(전발(剪髮)이라는 신체적 행동을 취하였다. 친더쥔이 쓰촨에서 제일 먼저 천주잉(陳竹影), 리치엔윈(李倩雲)과 함께 「전발」모습으로 학생운동을 일으킨 것은 『후란치회고록』에도 기술되어 있다(같은 책 30-31페이지).]

문 : 교토에서 한번 이사 하셨지요?

秦 : 했습니다. 비교적 번화한 곳이었습니다. 이층집에 정원이 있었습니다. 양현강(楊賢江)이 거기에 있었습니다. 그가 쓴 원고는 내가 정서할 때, 부적당한 부분은 제가 고쳤습니다. 쓰촨 말, 문자를 사용했기 때문에 말도 문자도 모두 쓰촨어였습니다. 제가 그를 대신해서 써준 것입니다. 제가

말하고 그가 썼던 것입니다. 정서하면서 고쳤습니다.

[주 : 마오둔과 친더췬은 동경 시절에는 따로 살았었다. 마오둔은 혼고관(本鄕館)(현재도 혼고 6번가(本鄕六丁目)에 당시 그대로 남아있다), 친더췬은 백산(白山)여자 기숙사, 모두 분쿄구(文京区)에 있고, 걸어서 20분 정도의 거리에 있었다. 동경 시절의 주거에 관해서는 요코하마(橫浜)국립대학 시로우즈 노리코(白水紀子)씨의 조사가 있다. 교토 시절 거처와 관련하여 신세를 진 양현강은 교육가로, 마오둔보다도 한발 앞서 귀국하였다. 교토로 옮기고 나서는, 처음에는 다나카다카하라(田中高原)마을(마을 이라고 해도 당시는 농지가 대부분을 차지하고 있었다)의 동이 나누어진 단층집에 거주하며, 거기서 『무지개』를 집필하였다. 8월에 이사를 한 것을 계기로 각필(擱筆), 「발문」의 날짜는 30년 2월이다. 발문에 「집 뒤의 산에 다시 무지개가 걸려 있을 때, 이 원고를 이어서 쓰기로 하자」로 되어 있다는 점에서 산과 가까운 곳이라는 것은 알겠는데, 이사한 곳이 어

디에 있었는가는 미상.]

是 : 1930년 4월 고베에서 승선하여 상하이로 돌아갔
　　을 때의 일을 듣고 싶습니다. 탔던 배는 기억하
　　고 계십니까?

秦 : 기억하고 있습니다. 상하이환(上海丸)입니다.

[참고 : 상하이환(上海丸)은 일본 우편선의 고베(神戶)상
하이항로로 취항, 5259톤. 일본 우편선 역사 자료관
에 현존하는 1930년 4월 상하이환의 배선표에 따르
면 3월 31일 고베 출발, 4월 1일 나가사키 도착, 4월 2
일 상하이 도착으로 되어 있다(동 자료관 제공). 이 배선
표는 「4월 4일에 기록된 것」이지만, 「다만 실제 이대
로 운항하고 있었는지는 분명하지 않습니다.」(동 자료
관)라는 것이다.]

是 : 엽성도(葉聖陶)가 당신과 마오둔을 마중 나왔습니
　　다. 상하이에 도착한 날은 기억하고 계십니까?

秦 : 엽성도는 도와주러 왔습니다.

是 : 엽성도는 4월 4일이라고 합니다.『엽성도연보(葉
　　聖陶年譜)』에 이렇게 되어 있습니다. 하지만 마오

둔은 4월 5일이라고 말하고 있습니다.

秦 : 하루 차이 정도는 아무것도 아니겠지요. 돌아온

　　첫날 저와 마오둔은 노신을 찾아 갔습니다.

[주 : 『엽성도연보』에는 「4월 4일, 마오둔이 일본에서 상하이로 돌아간다. 엽성도는 부두까지 마중 나온다. 다음날, 마오둔 부부와 함께 노신을 찾아간다.」로 되어 있다. 친더줜이 마오둔과 동행하고 있던 것에 관해서는 언급하고 있지 않다. 마오둔의 회고록은 4월 15일에 상하이로 돌아가고, 그날 노신을 찾은 것으로 되어있다. 친더줜이 말하는 「첫날」을 글자 그대로 도착한 그날로 해석한다 해도, 마오둔, 엽성도 각각의 기술은 도착하는 날이 하루 어긋나있어, 몇 칠인가는 확정지을 수 없다. 확정하려면 상하이환의 항해일지가 필요하지만, 현존하고 있지 않다.

[보주 : 상하이환은 스코틀랜드의 조선소에서 1923년 건조, 1943년 10월, 양자강 연안에서 충돌, 침몰. 상하이항로에서 활약한 동형의 나가사키환(長崎丸)도 1942년 5월, 이왕도(伊王島)북방에서 일본군의 기뢰에

부딪혀 침몰하였다. —— 기즈 시게토시(木津重俊)편
『일본우편선선박 100년사(日本郵船船舶100年史)』해인사
(海人社), 1984년]

是 : 『노신일기(魯迅日記)』에는, 4월 5일에 마오둔이 찾
아 왔다고 되어 있습니다.

秦 : 우리는 상하이로 돌아와서 여장을 풀자마자 노
신을 찾아갔습니다. 저도 함께 갔습니다. 주해영
(周海嬰)은 아직 이 정도로 조그마한 아기였습니
다.(라며 손짓으로 그 조그만 정도를 보여 주었다)

[주 : 『노신일기』 1930년 4월 5일 경에 「저녁, 성도(聖
陶), 침여(沈余) 및 그 부인 오다」로 기록된 「침여」는 마
오둔(침안빙(沈雁冰))을 가리키는 것이므로, 「그 부인」
은 당연히 콩더즈를 가리킨다고 생각되어 왔다. 마오
둔의 회고록도 귀국한 당일 5일에 부인인 콩더즈를
동반하여 엽성도와 함께 노신을 찾았다고 적혀 있다.
노신을 찾은 것이 5일이었던 것은 각 자료와 일치하
고 있지만, 『엽성도연보』는 그 날이 마오둔이 귀국한
다음 날이었다는 점에서 마오둔의 회고록과 부합하

124

지 않는다. 「그 부인」이 친더쥔이었을 가능성도 부정
할 수 없다. 노신은 29년 9월, 허광평(許広平)과의 사이
에 해영(海嬰)이라는 한 아이를 가지고 있다.]

沈 : 정진탁(鄭振鐸)은 어떻게 말을 했습니까? 당신에
　　대한 태도는 어땠습니까?

秦 : 정은 저에게 잘 해주셨고, 정중한 태도를 취해주
　　셨습니다. 마오둔의 어머니도 저에게 잘 해주셨
　　습니다.

是 : 엽성도 부인도 잘 해준 것은 아닌지요?

秦 : 엽성도 부인은 정말 잘 해주셨습니다. 제 옷은 전
　　부 엽부인인 호묵림(胡墨林)이 만들어 주셨습니다.

沈 : 당신이 병원에서 낙태수술을 받았을 때, 마오둔
　　은 이미 당신 곁을 떠나 있었습니까?

秦 : 아니요, 서로 왕래하고 있었습니다. 그는 효자입
　　니다. 어머니를 만나러 돌아와 있었습니다.

[주 : 이것은 두 번째 낙태 수술 때의 일이다. 첫 번째
는 일본에서 일부러 상하이까지 돌아와서 수술을 받
고 있었다. 다시는 상하이 북사천로에 있는 일본병원

125

「복민의원(福民医院)」의 이타사카(板坂)의사(「수기」에서
는 「이타이타(板板)」로 되어 있지만, 「이타사카(板坂)가 아닐까 생
각한다. 중국어로는 같은 발음이 된다)가 수술을 하였다. 복
민의원은 당시 많은 일본인 거류민이 살았던 이른바
「반조계(半租界)」에 있던 병원으로, 중국인도 자주 이
용하고 있었다고 한다. 1927년 여름에는 마오둔의
부인 콩더즈가 이 병원에서 유산 수술을 받고 있었
다.]

[보주 : 마오둔은 복민의원까지 친더쥔을 보내고, 그
녀가 수술대에 오르는 것을 지켜보며, 두 눈을 빨갛
게 물들이며 친더쥔의 어깨를 감싸 안고 「여동생 여
동생」(「가엽은 사람, 내가 곁에 있을테니까」)라며 격려하였
다. 마오둔은 병원에서 사흘 동안 그녀 곁에 있었다.
친더쥔의 자살 시도 후 쓰촨으로 돌아갈 때도 부두
로 배웅 나와 승선하는 그녀에게 여행 중 먹을 음식
을 건네주며 헤어지기 어려워하는 모습이었다. ― ―
친더쥔의 전기 『화봉황(火鳳凰)―秦德君和她的一個世
紀』(진덕군·류준(劉准)저 북경·중앙 편역출판사, 1999년 2월)에

기록된 당시의 모습이다. 이 250페이지 정도의 전기 속에서 마오둔과의 일본행은 페이지 수에 의하면 1할을 차지하는데 불과하지만, 복민의원에서 마오둔 간병이후의 모습 등 「수기」에는 없는 기술이 있다. 이외에도 귀국 후 친더췬과 마오둔은 정령(丁玲)을 찾아가서, 자신들의 결의, 즉 마오둔이 콩더즈와의 이혼을 성립시킬 때까지 잠시 헤어지고 4년 후에 다시 만난다는 약속을 전했지만, 정령은 친더췬에게 불리하고 불공평하다며 단호히 반대했던 것, 게다가 당시 상하이의 타블로이드에 친더췬을 매도하는 문장이 나오는 등, 이 전기에는 새로운 기술이 있었다. 상하이 귀국 후 4개월 동안 마오둔의 행동 자체는 분신술을 생각하게 할 정도로 이해하기 어려웠지만, 이 작은 타블로이드 기사도 콩더즈를 옹호하는 것, 마오둔을 비난하는 것 두 종류가 있었다고 한다. 주변의 움직임도 일부 모략과 같은 이상한 양상을 나타내고 있었다.]

문 : 당신이 마신 수면제는 마오둔의 것이었습니까?

[주 : 친더쥔은 귀국 후 4개월째인 1930년 8월, 두 번째 낙태 수술을 마치고, 당시 마오둔과 함께 몸을 의지하고 있었던 양현강의 집에 돌아와 보니, 마오둔의 모습은 보이지 않았고, 양현강에게서 마오둔이 「반도(叛徒)」라는 말을 듣게 된다. 자신의 사랑과 정치 생명에 절망한 그녀는 2병 200정의 수면제를 먹고 자살을 시도한다. 일주일 후 소생하여 목숨을 건졌다. 마오둔의 「반도」문제는 「당의 지령을 거역하고 공금을 착복하고 전열에서 이탈하였다」는 것이다. 마오둔의 회고록에는 1927년의 무한 정부 붕괴 후 남창(南昌)행 지령을 받았지만, 도로가 연결되어 있지 않았기 때문에 남창행을 포기하고, 맡은 수표는 기명 수표이므로 사용될 걱정도 없었기 때문에 상하이로 돌아가는 길에, 경비병에게 건네주고 난을 피했다고 적혀 있었다. 이 기술에 의하면 「반도」는 누명이라는 것이다. 다만 그의 「탈당」상황은 명확하지 않은 부분이 있어, 1930년 당시 중국 공산당의 당내 항쟁도 얽혀 있다고 생각되므로, 당시의 상황, 경위에 대해 다

방면의 조사연구가 요구된다.]

秦 : 그렇습니다. 마오둔은 매일 밤 수면제를 마시고 있었으니까, 『무지개』의 소재는 제공된 것이고 후란치에 대한 것을 쓴 것입니다.

沈 : 후란치도 당신도 두 사람 다 모델입니까?

秦 : 네, 모델입니다.

是 : 『무지개』에는 동성애 묘사도 나오고 있지만, 당시 동성애는 있었습니까?

秦 : 저는 아니었습니다. 그 수는 적었지요. 정령과 왕검홍(王劍虹)은 그랬습니다만, 나중에 헤어졌습니다. 두 사람은 상하이로 나와 정령이 남자 친구와 사귀게 되고, 왕검홍과는 사이가 좋지 않게 되었습니다.

沈 : 일본에서는 당신이 식사를 만들었습니까? 아니면 마오둔이?

秦 : 제가 만들었습니다. 당시 소설을 쓰기에는 그는 소재가 없었고, 어디서든지 소재를 구하고 있었습니다. 사소한 것이라도 메모해 두고 있었습니

다. 당시 고이송(高爾松), 고이백(高爾柏) 형제와 우리, 함께 식사를 하였습니다. 저와 고이백 부인이 식사를 만들었습니다. 고이송 부인은 오지 않았습니다. 고이백 부인은 양한생(陽翰笙) 부인의 언니입니다.

沈 : 마오둔은 당체화(唐棣華)와는 관계없었는지요?

秦 : 없었습니다. 저와 양한생은 쓰촨 동향으로 서로 잘 알고 있었습니다. 당체화는 양한생의 부인입니다. 밖에서 떠도는 정보나 쓰인 것은 편향되어 있었고, 제대로 된 것이 없었습니다. 누군가를 띄우려하면 무작정 띄우고, 짓밟으려 하면, 한없이 바닥까지 짓밟으려 하였습니다.

是 : 마오둔은 일본어를 할 수 있었습니까?

秦 : 아니오. 제가 좀 더 할 줄 아는 편입니다. 저는 학교에 다니면서 배웠으니까요. 그는 배우지 못했습니다. 글 쓰는데 바빴습니다.

沈 : 당체화는 아직 건강하십니까?

秦 : 범지초(范志超), 당체화 두 사람 모두 돌아가셨습

니다.

[참고 : 범지초는 1927년 당시 한구(漢口)시 해외부에 근무하고 있던 여성. 무한 시대에 마오둔과 교우가 있었고, 마오둔이 지우장, 루산을 거쳐 상하이로 돌아오자마자, 그를 도와주었다.]

沈 : 마오둔은 몸이 약하고, 눈도 좋지 않았습니다.

秦 : 그렇죠. 씩씩하지도 튼튼하지도 않았습니다. 눈병도 있었습니다.

是 : 교토에서 처음으로 살았던 장소는 기억하고 계십니까?

秦 : 대단한 시골 마을이었고 어수선한 곳이었습니다. 논이 있고 벚나무가 있었습니다. 다카하라 마을이라 하여, 살고 있는 사람들은 가난한 이들뿐이었습니다.

是 : 수기에 테이블이 나옵니다만, 도중에 테이블이 의자대신이 되더군요.

秦 : 일본에서는 방석을 깔고, 양 무릎을 꿇고 앉습니다. 엉덩이는 발 뒷꿈치에 얹습니다. 오래 앉아

있으면 다리가 저려옵니다.

[주 : 수기에 당시의 모습이 이렇게 기록되어 있다. 「저와 마오둔은 한 개씩 정방형의 면으로 된 것을 깔고 있었습니다. 일본에서는 그것을 「자부톤(방석)」이라고 합니다. 마오둔은 「자부톤」에 앉아서 「테이블」을 마주하고, 불가의 제자처럼 다리를 꼬고 앉아서, 글쓰기에 몰두하고 있었습니다. 저는 일본인처럼 양 무릎을 꿇고 앉을 수가 없어서, 그렇다고 마오둔처럼 다리를 꼬고 앉을 수도 없었기 때문에, 어쩔 수 없이 양다리를 구부려 「자부톤」에 앉아 등을 구부리고, 한 손으로 무릎을 지탱하고, 다른 한 손으로 원고를 옮겨 적었습니다만, 조금이라도 오랜 시간 그 자세로 있으면, 양다리가 아파서 저려옵니다. 결국 저희 두 사람 모두 참을 수 없었습니다. 그래서 한 가지 안을 내어, 작은 책상을 두 개 사와서, 테이블을 의자 대신으로 삼아 앉기로 하였습니다. 그래서 훨씬 편해졌습니다.」]

톤 : 근처에 교토대학이 있었습니다만, 당신과 마오

둔은 가보셨나요?

秦 : 간 적이 있습니다. 장난삼아 놀러갔습니다.

沈 : 이혼할 때는 옥신각신 했습니까?

秦 : 그다지. 콩더즈도 결혼하고 싶은 상대가 있었습니다. 그는 효자이기 때문에, 어머니가 그를 데리고 돌아갔습니다. 저는 그에게 양심이 없다고 생각해본 적은 없었습니다. 어머니가 돌아오라고 말하면 그는 돌아갈 수 있었던 교활한 사람입니다.

沈 : 콩더즈는 2000원(元)을 요구했다고 하던데요.

秦 : 결혼하는 데는 돈이 들었고, 돈이 있으면 상대도 찾을 수 있었겠지요.

是 : 이전 편지에서 그는 진세미(陳世美)라고 말씀하고 계십니다만, 지금도 그렇게 생각하고 계십니까?

秦 : 그는 진세미입니다.

[주 : 진세미는 전통 희곡 속의 인물. 송(宋)의 독서인(인텔리)인 진세미는 진향련(秦香蓮)을 아내로 맞아, 일남일녀를 가졌다. 과거에 응시하기 위해 수도에 올라

133

가, 수석인 장원으로 합격하자 부귀를 탐내어, 왕의
부름을 받아 공주의 사위가 되었다. 3년후, 진향련이
아이를 데리고 남편을 찾았지만, 진은 자신의 처자식
이라고 인정하기는 커녕, 살인을 꾀하였다. 살인을
명령받은 무관은 의분에 휩싸여 진향련과 그 아이들
을 놓아준 후 스스로 목숨을 끊자, 진향련은 윗사람
에게 이와 같은 상황을 호소한다. 재판관 포증(包拯)은
공주 주변의 압력을 물리치고 진세미를 처형한다. 이
이야기를 도입한 전통극은 수없이 많다. 「진세미」는
「변심한 매정한 남자」의 대명사로 불리운다.]

沈 : 생전에 얼굴을 마주하셨을 때는 어떻게 하셨습
　　니까?

秦 : 얼굴을 맞대고도 인사를 나누지 않았습니다. 그
　　도 인사하지 않았고, 저도 인사하지 않았습니다.

친더쥔 관계자료(秦德君関係資料)

＊ 基礎資料

　　秦德君 : 「手記 我與茅盾的一段情」(『広角鏡』1985年4月16

日，151期)

「手記 櫻蠹」(『野草』41, 42号。1988年2, 8月)

「秦德君伝略」(『野草』42号)

『火鳳凰──秦德君和她的一個世紀』(秦德君,

劉准著)

中央編譯出版社、1999年

茅盾：小説『虹』

『小説月報』20巻6号(1, 2章)，7号(3章)

単行本＝民国19年(1930年)3月初版，開明書店

回憶録『我走過的道路』上冊(1981年10月)，中冊(1984年),

下冊(1988年)，人民文学出版社

胡蘭畦：『胡蘭畦回憶録(一九〇一～一九三六年)』，四川人民

出版社，1985年7月

王曉梅：「胡蘭畦関於『虹』的談話記録」(『新文学史資

料』年期)

＊ 参考資料

是永駿：「京都高原町調査(一)(二)」(『茅盾研究会会報』6,

7号，1988年2月，6月)

「秦徳君手記解説」(『野草』42号)

「秦徳君手記に関する二，三の事」(『中国
文芸研究会会報』81号，1988年8月)

「茅盾文学の光と影——秦徳君手記の波
紋」(『季刊中国研究』16号，1989年9月)

「茅盾　『虹』論」(『太田進先生退休記念中国文学
論集』，1995年8月)

「茅盾生誕百年シンポジウム余聞」(『中国
文芸研究会会報』184号，1997年2月)

沈衛威：「一位曾給茅盾的生活與創作以很大影響
的女性——秦徳君対話録」(一)~(五)(『許昌師
専学報』社会科学版1990年2，3期，91年1，2，3期)

『艱辛的人生——茅盾伝』(台湾業強出版社
1991年10月)

李広徳：「茅盾與孔徳沚，秦徳君関係初探」(『湖州
師専学報』哲学社会科学版1989年3期)

『一代文豪：茅盾的一生』(上海文芸出版社，
1988年10月)

丁爾綱： 「茅盾的 『虹』和"易卜生命題"」(『茅盾研究』

　　　　　五期, 1991年3月)

　　　　「潑向逝者的汚泥應該淸洗──澄淸秦德

　　　　君關於茅盾的不實之詞」(『茅盾研究』六期,

　　　　1995年2月)

　　　　『茅盾 孔德沚』(中国青年出版社, 1995年2月)

白水紀子： 「日本滯在期の茅盾」

「분쿄구(文京区)에 살았던 모순과 침택민(沈沢民)·장

문천(張聞天)」(『中国語』1995年3月号, 特集：中国の文学者·思

想家と東京·関東)

武田泰淳： 『虹』日訳, 『現代支那文学全集』第三巻

　　　　　(東成社, 昭和15年2月)。

　다케다(武田)씨는 1장에서 7장까지를 번역하고 나

중 3장은 번역하지 않았다.

동아시아의 문학코드

05

『상엽홍사이월화(霜葉紅似二月花)』
속고(續稿)의 집필 세계
― 의식해방과 망명지 일본에서의 사상적 동요 ―

1) 들어가며

　　마오둔(茅盾)의 『상엽홍사이월화(霜葉紅似二月花)』(이하 『상
엽(霜葉)』)은 1942년에 집필하여 이듬해 1943년에 걸쳐
발표한 장편소설이다. 작품의 시대적 배경은 민국(民
國)의 1920년대 초기인데, 본래는 20년대 후기의 우
한(武漢) 정부 붕괴 후까지를 써 나갈 일대 장편으로
구상했었다. 작자 자신이 속편의 집필을 넌지시 암
시하기도 해서 이 작품은 「미완의 대작」이라 불려

왔는데 1996년에 『상엽(霜葉)』의 「속고」가 공간(公刊)
되었고, 약 반세기를 거쳐 『상엽(霜葉)』은 「완결」을 향
해 치닫는 전개를 보였다. 「속고」는 본편 14장에 이
어지는 18장까지의 경개(梗概), 골자(大綱), 초고의 일부
및 18장 이후의 각 장의 경개와 단편으로 이루어져
있다. 이 「속고」는 1974년, 작자가 78세 때 집필된 것
이 22년 후인 마오둔 생탄 100년이 되는 해에 공표
된 것인데, 『상엽(霜葉)』의 집필로부터 30여 년 사이
에 그 집필 의식에 변용이 보이고, 「속고」는 아직 초
고(草稿)의 단계이며, 「속편」이라 부를 수 있는 텍스
트는 아니라 하겠다. 그러나 초고 단계라고 하는 것
이 오히려 마오둔 집필 의식의 원형을 탐구하기 위
한 귀중한 자료로 쓰이고 있다. 마오둔은 이 「속고」
를 집필하는 행위를 통해 작가로서 자신이 귀착할
곳을 확인하려고 했던 것인지, 그때까지 봉인해 두
었던 것을 마오둔은 이 「속고」 속에 풀어 놓고 있으
며, 그 변용은 주목할 만한 것이다. 풀린 봉인은 프
리즘과 같이 마오둔을 비춰 보인다. 「속고」는 소설

가 마오둔이 최후에 자기 자신과 마주앉아 자기의
존재 의미를 증명(아이덴티파이)하려고 한 「고백」의 서
(書)로 읽어 낼 수 있는 것이다. 본고는 「속고」의 성
립, 그리고『상엽(霜葉)』에서 「속고」로의 전개가 갖는
정합성(整合性)에 대해 분석을 더하며 마오둔의 집필
의식의 원형을 탐구하고자 한다.

2) 「속고」의 성립과 판본(版本)의 이동(異同)

공간된 「속고」에는 두 종류의 판본이 있다.『수확
(収穫)』96년 3기에 게재된 「속고」(이하 「갑본(甲本)」이라 부
른다), 및 『상엽홍사이월화(霜葉紅似二月花)』의 본편, 속
고, 텔레비전 드라마 대본을 합책(合冊)한『상엽홍사
이월화(霜葉紅似二月花)』(쓰촨문예출판사, 96년 2월) 「속편 미간
수고수판(続編未刊手稿首版)」이라 칭하여 수록된 것(이하
「을본(乙本)」이라 부른다)이 바로 그것이다. 그 외『마오둔
작품 경전(経典)』(중국화교출판사, 96년 6월) 제4권에 「속고」
가 수록되어 있는데, 「갑본(甲本)」과 비교해 두 세 군

데 식자(植字) 오류라고 생각되는 이자(異字)가 보일 뿐,
「갑이본(甲異本)」이라 부를 필요는 없을 것이다. 「갑본
(甲本)」「을본(乙本)」의 사이에는 백여 군데에 이동(異同)
이 있고, 「속고」는 발표된 동년에 이본(異本)이 존재
한다는 기묘한 상황이 발생했다. 이는 나중에 보는
바와 같이 「을본(乙本)」의 편집자가 제멋대로 손을 대
었기 때문에 생긴 일인데, 애초에 이 「속고」는 어떤
경위를 거쳐 양지로 나온 것일까? 「을본(乙本)」을 실
은 합책본에는 우푸휘(吳福輝)의 「예언」이 포함되었을
뿐만 아니라, 『수확(收穫)』에도 이 사람의 단평(短評)인
「白楊樹下的月季小院」이 실려 있다. 우 씨는 95년에
『상엽홍사이월화(霜葉紅似二月花)』의 텔레비전 드라마
화 「고문」역을 맡았고, 그래서 「속고」의 웨이타오
수사본(韋韜手写本)을 볼 수 있었던 것이라고 한다(「단평
(短評)」). 「속고」로 인쇄 유포되어 있는 것은 마오둔의
자제인 웨이타오(韋韜) 씨가 옮겨 쓴 것이며 마오둔의
자필 원고 자체를 인쇄한 것이 아니라는 것을 그의
말로부터 읽어 낼 수 있다. 단편적으로 기록된 자필

원고를 웨이타오(韋韜) 씨가 정리하고 청서(淸書)하여 공표했다. 우 씨도 「갑본(甲本)」의 교정을 맡은 왕종천(王中忱) 씨도 자필 원고는 보지 않았다[73]는 것을 고려하면, 자필 원고를 본 것은 아마도 수사(手寫)를 한 웨이타오(韋韜) 씨(를 시작으로 마오둔의 유족들) 뿐이라는 것이 된다. 우리가 보는 「속고」는 이러한 제약을 수반한 것이라는 것을 먼저 확인해 두고 싶다.

갑을 이종(二種)의 판본의 이동(異同)은 단순한 식자 오류라고 생각되는 것(예: 갑「二人目相視」, 을「二人且相視」)도 많지만, 편집자가 제멋대로 바꿔 쓴 것(예: 갑「該浮一大白」, 을「該喝一大杯」)도 눈에 띈다. 「該喝一大杯」를 시작으로, 을 「玉尽量才」(갑「玉尺量才」), 을 「真龍反驚叫」(갑「真龍反驚叶」), 을 「毛巾鬢子」(갑「毛巾把子」) 등은 을본 편집자의 수준이 낮다는 것을 나타내고 있다는 지적도 있다.[74] 수사한 웨이타오(韋韜) 씨도 갑본이 정확하다고 인정하고 있지만[75], 그렇다고 하더라도 한 군데 납득하기

---

73 우푸휘(吳福輝), 왕종천(王中忱) 씨가 필자에게 보낸 서신.
74 주(1)과 같음.

힘든 이동(異同)이 있다. 제18장 골자의 모두 부분, 평투이안(馮退庵)의 후배가 왕민쯔(王民治)의 일본 행을 돕는 장면에서 이 후배가 「在日本勾当, 約三个月」(갑본)이라고 하는 부분을, 을본에서는 「在日逗留的三个月」라고 한다. 재차 웨이타오(韋韜) 씨에게 물어 마오둔의 자필 원고 확인을 부탁했다. 자필 원고는 「勾当」, 웨이타오(韋韜) 씨는 이 「勾当」는 「辨理」(처리하다)라는 의미라고 말한다.[76] 「사무를 담당하여 처리한다」라고 하는 고어의 용법을 살린 것이다. 그렇다면 상하이에 본사를 둔 일본인이 경영하는 회사 스즈키 양행(鈴木洋行)의 외교원인 이 후배가 일본에서 사무 처리를 했다고도 볼 수 있다.

마오둔의 장남 부부 웨이타오(韋韜)·천샤오만(陳小曼)의 회상록 「마오둔 만년의 생활」에 의하면 마오둔은 『상엽홍사이월화(霜葉紅似二月花)』가 미완으로 끝나

---

75 웨이타오(韋韜) 씨가 필자에게 보낸 서신.
76 웨이타오(韋韜) 씨는 필자의 문의에 선뜻 회답을 주었으며, 이 부분의 마오둔 자필 원고 복사를 자료로 제공해 주셨다. 진심으로 감사를 드린다.

있는 것을 상당히 마음에 걸려 했던 것 같다. 「이야
기의 전개는 전반 부분에서 끝나 있고, 주요한 인물
의 운명에도 결말을 짓지 못했다」[77]라고 친족들 앞
에서 말하는 것을 듣고, 웨이타오(韋韜) 씨가 「그러면
이어 써 보시는 것이 어떠십니까? 그 책은 중국의 고
전문학의 전통을 계승하는 것이라며 많은 사람들이
애독하고 있고, 게다가 제재(題材)를 보더라도 지금의
현실로부터 한참 먼 것이니까 위험도 적을 텐데요」[78]
라고 권하고 있다. 마오둔은 그로부터 당장 작업에
착수해 속편의 집필에 「1974년의 반을 썼다」[79]라고
한다. 집필 당시는 아직 문화대혁명의 동란이 한창

---

77 「茅盾的晚年生活(三)」(『新文学史料』1955년 3기, p.82

78 주(5)와 같음.

79 위와 같음. 마오둔은 본편과 속편의 연결을 유지하기 위해 본
편에 자구(字句)에 수정을 더해 쓰찬인민출판사에서 재판했
다(위와 같음, 83쪽). 해당 서적은 80년 7월에 출판되었다. 개
략(概略) 대조(対照)한 결과에서는 다음과 같이 연령과 연수
를 「본편」에 맞춰 수정했다. ([ ] 안에 쓴 것이 구판)
「有一個滿了三歲[周歲]的女孩子」「他和夫人的短短幾年[兩年多]
的夫婦生活」「一年前[四年前]自己從省城趕回家来」「他的夫人
在他家短短五年[兩年]的生活」「錢永順的三周歲[歲半]的女儿」
「這三歲[歲半]的小女孩」

이었고, 문학자는 정치적 「위험」을 피하기 위해 오로지 「구체시사(旧体詩詞)」를 이야깃거리로 삼곤 했다고 한다.[80] 그 「위험」을 피하는 무언가를 기피(忌避)하는 환경 하에서의 집필은 묘하게도 본편 집필 시의 상황과 닮아 있다.

1942년 구이린(桂林)에 있었던 마오둔은 6월, 항일전쟁 전야에 이미 구상하고 있었던 장편을 집필하기 시작한다. 이 장편으로 마오둔은 신해혁명(辛亥革命)에서 「오사(五四)」 전야까지 과거의 비교적 긴 기간의 시간을 다룰 구상을 안고 있었는데 그 집필 구상은 그때까지 그가 동시대의 사회의 움직임을 정교하게 작품 안에 내포시켜 온 소설 작법을 기준으로, 말하자면 새로운 경지를 여는 것이었다. 그 구상을 품고 그는 37년의 항일전쟁 발발로부터 42년까지의 기간에도 『제일계단적고사(第一階段的故事)』(38년) 『부식(腐蝕)』(41년) 등의 동시대에서 제재를 찾은 장편을 발표하고

---

80 상동.

있다. 마오둔은 항일전쟁 발발 후, 창샤(長沙), 우한(武
漢), 홍콩(香港), 광저우(広州), 신장디화(新疆迪化)(현재의 신장
웨이우얼 자치구), 옌안(延安), 충칭(重慶), 홍콩(香港), 구이린
(桂林), 그리고 다시 충칭(重慶)으로 각지를 전전하며 이
동한다. 타지에서는 잡지의 편집이나 문예계의 협회
임원, 대학 강사와 같은 공적인 자리에 있었던 것과
대조적으로 구이린(桂林)에서의 8, 9개월은 「나는 구
이린에서는 객인(客人)이었기 때문에 산더미 같은 사
회 활동에 참가하지 않아도 되었다. 그래서 조용히
집필에 전념할 수 있었다」[81]고 한다. 마오둔은 「지금
의 현실 생활은 지장이 있기 때문에 써서는 안 된다
고 한다면, 1927년의 대혁명의 일은 써도 더 이상 역
사상의 일로 여겨져 오히려 국민당 도서 검열관의
주의를 끌지 않을 수도 있다」라고 생각했다.[82] 여기
에는 당면의 현실적인 제재로부터 떨어져 국민당의
검열이라는 정치적 억압을 회피하려고 하는 의식이

---

81 『我走過的道路』(下), p.300
82 주(9)와 같음.

작용하고 있다. 동시대의 정치 상황과 거리를 둔다
는 점에서는 본편과 속편이 공통적인 집필 환경에
있었다고 말할 수 있다.

　문화대혁명이라는 광기 망동의 집단 역학이 사납
게 놀치는 정치 상황 하에서 속편의 집필은 「비밀리」
에,[83] 마치 「지하활동」과 닮은 상황[84] 아래에서 진행
되었다. 속편에 묘사되는 정치 의식, 성애(性愛) 의식
은 집필 시에 발표되었다면 당장 탄핵을 받았을 것
이다. 그 뿐만 아니라, 중화인민공화국 성립 후 「문
화 혁명」까지 시대를 통틀어 역시 탄핵의 대상이 될
수 있는 요소를 갖추고 있다. 왜냐하면 속편 집필을
하는 마오둔의 의식 속에는 중화인민공화국의 문화
관료로서의 자기를 사회의 지배적인 이데올로그의
일원으로 정의하는 범(汎) 모럴의 의식 따위는 전혀
찾아 볼 수 없고, 거기에 존재하는 것은 「작가 마오
둔」 「소설가 마오둔」으로서의 원점에 다시 서려고

83　우푸휘(呉福輝) 「白楊樹下的月季小院」, 『収穫』1996년 3기, p.46
84　주(11)과 같음.

하는 의식, 또는 더 먼 옛날, 고금중외(古今中外)의 고전을 독파하면서 일어난 일대 로망(서사소설) 집필의 꿈, 그 초심으로의 회귀라고 해야 마땅한 의식이었기 때문이다.

3) 본편에서 「속고」로의 전개 ― 봉인의 해제

먼저 『상엽홍사이월화(霜葉紅似二月花)』 본편의 줄거리를 확인해 두자. 대소칠가족(大小七家族)이 묘사되는데, 중심이 되는 것은 장가(張家)와 치엔가(錢家), 그리고 황가(黃家)의 세 가족이다.

무대는 1920년대 초기의 장난(江南)의 소도시. 상가(商家)인 장가(張家)는 남편이 죽은 후 미망인이 된 장부인과 죽은 남편의 어머니가 일을 도맡고 있었고, 치엔가(錢家)로 시집을 간 루이 숙모(瑞叔母), 황가(黃家)로 시집 간 딸 완칭(婉卿)까지 활발한 모계 가족의 양상을 띠고 있다. 후계자 아들인 쑨루(恂如)는 아내 바오주(宝珠)와 일녀인제(一女引弟)를 두지만 사이가 안 좋고,

조모의 외손인 징잉(靜英)을 마음 속에 몰래 그리고
있다. 치엔가(錢家)의 장남에게 시집간 루이 숙모는
아들 둘을 잃고 후계자로 치엔가(錢家)의 삼남(三男)인
아들 치엔량차이(錢良材)를 맞이했다. 치엔량차이(錢良
材)는 농민을 위해 행동하는 개명적인 지주로, 논밭
이 관수(冠水)하는 위험을 무릅쓰고 증수(增水) 때 강에
기선(汽船)을 띄우는 선박 회사의 경영자 왕보션(王伯
申)과 대립한다. 치엔량차이(錢良材)의 아내는 젊어서
병으로 죽고, 그에게는 어린 딸 지팡(繼芳)이 남겨진
다. 루이 숙모가 사안(思案)하는 후처(後妻)는 징잉(靜英)
이었다. 완칭(婉卿)의 남편인 황허꽝(黃和光)도 상가에
서는 고전(古典)에 익숙한 교양인이지만 아편 때문에
성적(性的) 불능이 된다. 그 남편에게 완칭(婉卿)은 인자
한 어머니와 같이 대하며 위로하고, 치엔가(錢家)에서
양녀를 받아 들인다. 그 외 상하이와 거래 상 강한
파이프를 가지고 있는 펑가(馮家), 봉건지주인 자오쇼
우이(趙守義)와 그 측근, 화학을 좋아하는 노인 주싱지
엔(朱行健) 등이 세 가족과 각각 관계를 맺으며 이야기

는 전개된다. 쑨루(恂如)는 자기의 마음을 징잉(靜英)에게 명확하게 전달하길 꺼리고, 황허광(黃和光)은 성적 불능으로 인한 고뇌에서 벗어나지 못하며, 치엔량차이(錢良材)는 선박 회사의 실력 행사 앞에서 무력하다. 작품은 이 세 가족의 젊은 남자 셋 사이에 오고 가는 회화 속의 치엔량차이(錢良材)의 질문, 한 사람의 인간이 선과 악을 함께 갖추는 연유가 무엇인가라는 질문으로 막을 내린다.

「속고」의 시대 배경은 본편의 시간의 흐름에 따라 북벌(北伐)에서 「4·12」쿠데타로 전개된다. 소설의 무대는 본편의 장난(江南)의 소도시를 핵으로 하면서도 상하이(上海), 일본, 베이징(北京)으로 확대된다. 특히 일본의 등장이 주목을 끈다. 마오둔은 1년 9개월의 일본 「망명」을 경험하면서 일본을 소설의 무대로 한 적이 없었다. 이 「속고」에서는 황허광(黃和光)이 치료, 왕보션(王伯申)의 아들 왕민쯔(王民治)가 유학, 치엔량차이(錢良材)가 망명한 토지로 일본이 등장한다. 치엔량차이(錢良材)가 19살에 일본 육군사관학교에 유학

한 인물이라는 사실이 밝혀지는 등, 「속고」의 일본
을 향한 경사(傾斜)는 그 때까지의 마오둔 소설이 유
지하던 구조와 어딘가 이질적인 측면을 느끼게 한
다. 등장 인물 중, 완칭(婉卿)과 치엔량차이(錢良材) 둘이
본편보다도 더 매력적으로 그려져 있는데, 「속고」가
「속편」으로 완성되지 못한 것이 아쉬울 정도이다.
완칭(婉卿)은 본편에서 자애에 가득 찬 매력적인 여성
으로 그려져 있었는데, 「속고」에서는 기우(気宇)와 기
품(気品)이 넘치는 여성으로 그려지며 북벌군의 입성
을 획책(画策)하는 행동적인 일면도 부여 받고 있다.
치엔량차이(錢良材)는 완칭(婉卿)을 이상적인 여성이라
며 숭배하는데, 「4·12」쿠데타로 남편을 살해 당한
장진주에(張今覚)라는 여성(본편에는 등장하지 않음)과 인연
이 되어 둘이 같이 암살 당한 장진주에(張今覚) 아버지
의 복수(라고 생각된다. 이 부분 「속고」는 단편적이라 무슨 복수인지
는 쓰여 있지 않다)를 위해 북경으로 간다. 황허광(黄和光)
은 아편을 끊고, 성기장애도 일본에서 치료가 성공
하여 아내 완칭(婉卿)과 에로틱한 농담(戱言)을 주고 받

는다. 둘은 치엔가(銭家)에서 데려온 양녀 지아바오(家宝)를 자오디(招弟)라 개명하고 후일에는 이윽고 아들이 태어난다. 이상이 「속고」의 줄거리이다. 「속고」는 본편의 틀에서 벗어나 별도의 로망의 세계로 자유롭게 날아가고 있는 듯 하다. 인물의 정합성에 대해서 자세히 보기 전에, 「속고」에서 보여지는 정치의식을 언급하지 않을 수 없다. 이 문제는『상엽홍사이월화(霜葉紅似二月花)』라고 하는 제목의 의미(후술)가 「속고」가 나온 후에도 풀리지 않는다고 보여지는 것과도 관련이 있다.

「속고」에서는 「국민당 좌파」가 명백하게. 그것도 공산당과 등거리로 그려지고 있다. 제1차 국공합작시대(第一次国共合作時代)가 시대 배경이므로 그러한 거리감으로 그려지는 것이 당연하다고 하면 당연할 만도 한 일이지만, 정당 조직에 대해서 본편에서는 아무것도 묘사되고 있지 않다. 고작 해 봤자 공산당이 자오쇼우이(趙守義)의 입을 통해서 묘사되듯 「첸두시에(陳毒蝎) (첸두슈(陳独秀)의 멸칭(蔑称))라는 무리」「첸(陳)의

도당(徒党)」이라는 등 비유적으로 이야기 거리가 되는 정도이다. 정당 조직에 대해서는 다른 작품에서도 인물상을 통해 암시하는 정도였던 마오둔의 작법을 고려했을 때, 「속고」에서는 오히려 정치 의식을 현재화(顯在化)하는 일에 아무런 주저도 구속도 느끼고 있지 않는 역전 현상이 일어나고 있다. 한 두 가지 특징적인 부분을 예로 들면(쪽수는 갑본),

 a) 허광과 이야기를 나누는 량차이가 다음과 같이 술회(述懷)한다.

 공산당은 국민당과 합작하는 것은 부르주아 민주혁명을 일으키기 위함이라 말한다. 지금은 같은 길을 걷지만 부르주아 민주혁명이 성취되고 나면 이번엔 역으로 자기들이 이루어 낸 부르주아 민주혁명을 타도한다는, 그런 의미인 것이다. 이게 이해하기 어렵다. 그래서 국민당 내에 국공(国共) 합작에 반대하는 일파가 있고 이들이 우파(右派)라 불린다. 그럼 좌파

(左派)는 공산당이라는 것이 되지 않는가, 라고 생각할 수 있는데 이게 또 아니라고 하니, 도무지 알 수가 없는 이야기이다.(12쪽)

b) 장진주에가 량차이에게 말하는 부친의 약력(의 포인트).

베이징에 있는 대학 교수, 좌파 사상을 품고 있는 사람, 군벌(軍閥)의 주목을 받아, 딸(즉 진주에, 당시 17세)을 데리고 남하, 홍콩에 반 년 체재. 1924년 광저우로 옮겨 가 국민당 좌파가 됨, 진주에는 18세, 링난(嶺南) 대학에 진학하여, 그녀도 국민당에 가입. 26년 아버지는 명(命)을 받고 홍콩으로 부임, 이윽고 북방에서 임무를 수행하게 되었으나 홍콩에서 암살 당함. 27년 봄 딸이 결혼(21세), 남편은 광시(廣西) 출신. 북벌에 남편과 함께 종군, 남편은 이윽고 남창군영(南昌軍營)의 소장참모(小將參謀)가 되어(실제로는 계계파(桂系派)의 군영(軍營) 주재(駐在) 연락관(連絡官)이며, 장(蔣), 첸(陳)과 직

155

접 연락을 할 수 있었다), 후일 재차 종군하여 저장성
(浙江)에 들어감. 사단 정치부 주임. X연대와 함께 X현
(縣)을 공격함.(39쪽)

c) 복수를 할 때 부상을 당한 진주에가 입원한 곳
에 량차이가 매일 병문안을 와 시국에 대해 이야기
한다.

그들은 이른바 국민당 좌파의 대부분이 변절해 버
린 것을 한탄하며, 공산당이 남창기의(南昌起義) 후에
산터우(汕頭)까지 남하하여 또 다시 격파 당하고, 광
저우 코뮌도 반짝 피기가 무섭게 져 버린 꽃 신세가
되어 버린 것에 놀랐다.(41쪽)

「속고」에서 치엔량차이(錢良材)와 완칭(婉卿)에게 스
포트가 비춰 지는 것은 앞에서도 서술했는데, 치엔
량차이(錢良材)는 국민당에 가입하여(35쪽), 이윽고 국
민당 좌파인 부친을 둔 장진주에(張今覺)와 인연을 맺

는다. 장진주에(張秀覚)의 최초의 남편 옌우지(厳無忌)는 장제스(蔣介石)에게 공산당으로 의심받아 살해당하는데, b)에서 서술하듯 옌우지(厳無忌)는 광시(広西) 출신의 계계파(桂系派)라고 설정되어 있다. 이「계계파(桂系派)」는 다른 문맥으로도 등장한다.「4·12 쿠데타」후, 치엔량차이(銭良材)가 위험에 처했을 때,「다행히 현장(県長)이 옌(厳) 주임의 친구이고, 국민당의 많은 파벌 계통 중에 그들은 같이 계계(桂系)에 속해 있었기 때문에 량차이(良材)를 지키려고 한 것인데」(37쪽)라고 하는 부분에서는,「계계(桂系)」가 량차이(良材)를 옹호한다.「계계(桂系)」란, 광시(広西)에 거점을 둔 군벌로 1920년대 중기부터는 리종렌(李宗仁), 바이충시(白崇禧) 등「신계계(新桂系)」가 통솔하여,「1926년 국민혁명군 제7군에 편성되어 북벌에 참가. 1927년, 장제스(蔣介石)와 합류하여 반혁명 쿠데타를 일으킨다. 1929년, 중앙권력의 쟁탈을 둘러싸고 장계전쟁(蔣桂戦争)이 발발, 계계(桂系)는 대패(大敗)하여 광시(広西) 이외의 지반을 잃는다」.[85] 1920년대 후반의 신군벌「계계(桂系)」

는 장제스(蔣介石)와 국민당 중앙의 헤게모니를 놓고
쟁탈전을 반복했다. 「계계(桂系)」는, 장제스(蔣介石)의
쿠데타를 지지하여 참가했지만 헤게모니 싸움에서
는 장(蔣)과 대립하였고, 개중에는 인간관계 등을 이
유로 좌파를 옹호하는 자도 있었던 것을 「속고」에서
읽어 낼 수 있다.

　마오둔이 「속고」에서 국민당에 대한 정치 의식을
현재화(顯在化)하는 것은 그것을 단독적으로 행한 것
이 아니라 공산당으로부터의 이탈이라고 하는 지금
까지 의식 안에 봉인해 두었던 것을 해방시킨 일과
연동하여 현재화한 것이라고 생각할 수 있다. 일본
이 무대로 등장하는 것은 그 결과인 것이다. 마오둔
에게 있어서 일본이라는 토지는 이당(離黨) 후의 「망
명」지에서의 사상적 동요, 친더쥔(秦德君)과의 연애와

85　왕진우(王金吾)·천루이윤(陳瑞雲)의 주편(主編)인 『중국현대
　사시전(中国現代史詩典)』, 지린문사(吉林文史)출판사 『国民党
　新軍閥史略』(쑤에모청(薛謀成)편저, 샤먼(厦門) 대학출판사,
　1991년)참조(오사카외국어대학의 다나카 히토시 선생님의
　교시를 받았다).

그 후의 파탄,[86] 이라고 하는 그에게 있어 빼도 박도 못하는 아포리아(난제)와 떼어낼 수 없는 토지로써 의식되고 있었음이 분명하다. 아포리아를 무시하고 자기의 존재를 증명할 수 없는 것이며, 「속고」를 「고백」의 서(書)로 읽어 낼 수 있는 것은, 예를 들면 이하와 같이 그가 안고 있는 아포리아를 드러내 보였기 (물론 직접 일인칭으로 서술한 것은 아니지만) 때문이다.

　　d) 「량차이는 일본어를 말할 수 있었고, 셋은 하녀 (女中)를 데리고 도쿄에 와서는 완칭은 남편의 병간호를 하며 보냈고, 량차이는 당시에 역시 도쿄로 망명을 와 있었던 국민당 좌파와 공산당 탈당자들과 사귀었으며, 완칭은 일본어를 공부했다. 3개월 후, 병은 나았고, 완칭의 일본어도 일상생활에 불편함이 없을 정도로 발전했다. 량차이는 일본의 스파이(특무경관-필자의 주)에게 찍혔기 때문에 상하이로 돌아간다

86　친더쥔(秦德君)『櫻蚕』『野草』41, 42호(1988년 2, 8월).

고 말한다.」(36쪽)

e) 왕보선의 아들 왕민쯔가 펑치우팡(馮秋芳)과의 혼인을 내켜 하지 않는 것을 알고, 장가가 경영하는 가게의 지배인 송시엔팅(宋顯庭)의 아들 송샤오롱(宋少榮)이 왕민쯔에게 이렇게 말한다.

「표자정규(杓子定規)로 생각할 것 없다. 결혼하고 부부가 된 후에 너는 일본에 가고, 장래에 뜻이 맞는 사람이 생기면 펑과는 이혼하면 그만이고, 그런 사람이 안 나타나면 당분간은 펑을 상대로 시름을 달래면 되지.」(26쪽)

f) 왕민쯔가 결혼 생각이 없었던 것은 펑은 미인이 아니라고 생각하고 있었기 때문이었는데 혼례 당일, 신부의 미모를 처음으로 본 왕은 천국에 오르는 기분이었다. 신혼 초야를 보내기 전에 왕은 송샤오롱이 했던 이야기를 펑에게 털어 놓는다.

왕 「가령 결혼해서 부부가 되어도 사이가 좋은 모
   습을 보여서 아버지에게 의심받지 않도록 한
   다음에, 돈을 좀 마련해서, 일본에 갈 거야, 그
   때는……」

펑 「그 때는 돌아오지 않을 거야?」

왕 「아니, 돌아오지. 가령 뜻이 맞는 사람이 나타
   나 몰래 동거를 하게 되더라도 그 여성이 질투
   만 하지 않는다면, 1년에 몇 번 돌아와서 너랑
   은 원래대로 부부로 지내는 거지.」

펑 「그런 거 뭐 흔한 일인걸. 몇 년 새 부잣집 자제
   들은 그런 분신술을 쓰는 사람도 많잖아. 당신
   도 요령 있게 하면 되는 거지.」

왕은 당황하여 「그런 분실술 따위 부럽지도 않아.
그렇게 여성을 모욕하고, 가지고 놀 만큼 타락하
지 않았는걸」이라며 부정한다.

e)에서 송샤오룽이 말한 이야기가 f)에서는 「이혼」
은 하지 말고 마음에 둔 여성과 「동거」한다는 이야

기로 바뀐 것은 아내가 된 펑의 아름다움에 반한 남
성의 에고이즘이 그렇게 말하도록 시킨 것이리라.
마오둔의 실제 인생에서 일어난 실제 사건과 통하는
것을 d) e) f) 에서 유출하면, 공산당에서 탈당(脫党)(마
오둔의 경우는 이당(離党)), 일본 망명, 동거, 이혼(소동) 등이
며, 이는 모두 마오둔이 의식 안에 봉인하여 소설로
쓰는 일은 없었던 것이다.[87] 또는 여기에 「혼례 식장
의 미모의 신부」를 추가해도 좋을 지도 모른다. 펑치
우팡의 신부가 된 모습은, 비단 베일로 얼굴이 반쯤
가려져 있긴 하지만, 앞가슴에서 살짝 엿보이는 옥
과 같은 피부, 풍만한 가슴, 날씬하고 부드러운 몸의
곡선, 베일을 걷어 내고 마주보면 혼이 떨리도록 반
짝이는 눈동자, 우아한 입매, 이러한 형용은 마오둔
자신의 혼례에서는 「부(負)(마이너스)」의 소유물, 즉 말

---

87 본인의 의도와는 다르게 실제로는 마오둔이 일본에서 연애
　생활을 보낸 것을 일찍이 알고 있었다. 예를 들면 『茅盾代表作
　選』(상하이전구(上海全球)서점, 민국(民国))「서(序)」「此後他
　會至日本, 渡了短期的恋愛生活。同時復努力於創作。」라고 되어
　있다.

이 안 되는 것[88]이었고, 잃어버린 바람(願望)은 역시 봉인되었기 때문에 그 자신의 경우와 「속고」의 큰 낙차(落差)[89]를 생각하면, 그 혼인이 부친의 정신적 죄과(罪過)를 갚는 일종의 슬픔을 동반하는 것이었기[90] 때문에, 의식의 바닥에 봉인된 것이라고 생각할 수밖에 없다. 그 봉인을 그는 풀어 내 버린 것이 아닌가, 라고 읽어 낼 수 있는 것이다.

---

88 동주(同註)(14). 마오둔은 친더쥔(秦德君)과 함께 일본으로 건너가는 배 안에서 스스로의 혼례에 대해 말하며, 「어머니의 재촉에 신부가 머리에 쓴 것을 걷어 올리고 보니, 「도둑 고양이」같은 여성의 용모에 나도 모르게 뒷걸음을 쳤다」라고 말했다고 한다.

89 주(16)과 같음.

90 마오둔의 아버지는 공가(孔家)의 딸과 맺어질 예정이었는데 상대의 생신팔자(生辰八字)가 「남편을 이겨 먹고 궁합도 안 좋다」고 별점(星占)에 나와 파담(破談) 했다. 딸은 자기 운명을 비관하여 독신으로 살았고, 병으로 요절했다. 아버지는 공가에는 친정채(親情債)의 빚이 있다고 쭉 생각해 왔기 때문에 그 빚을 갚으려는 생각에 마오둔과 공더즈(孔德沚)의 혼인을 무리하게 밀고 나갔다.(丁爾綱(1995)『茅盾　孔德沚』중국청년출판사, p.7)

4) 정합성(整合性)과 변용(変容) ― 새로운 로망으로

본편에서도 「속고」에서도 완칭(婉卿)은 「한 조각의 붉은 구름이 떠오른 것처럼」 일대를 밝히는 매력적인 여성이다(본편 4장, 「속고」 갑본16쪽). 남편의 성기장애도 필히 고칠 수 있다고, 고치기 위해서라면 서양이라도 일본이라도 어디라도 따라 가겠다(본편에 일본이 등장하는 것은 이 문맥으로 한 부분에 한하는데, 속편의 복선으로 기능한다)고 위로하고 있으며, 「속고」에서는 일본에서의 치료에 성공한다. 이 완칭(婉卿)에게 「속고」에서는 고전문학을 향한 조예(造詣)가 부여된다. 남편 황허광(黄和光)은 본편에서 「한 권의 두시(杜詩)를 손에 들고, 방안을 천천히 서성거리고 있었다」(4장)라며, 평상시부터 고전을 즐겨 읽는 지방의 신사로 묘사되어 있었다. 그 남편과 완칭(婉卿)은 육조(六朝)의 변려문(駢文)을 논하고, 남편의 병이 호전된 다음날 아침에는 『시경(詩経)』을 가지고 농담을, 그것도 에로틱한 농담을 「속고」에서 주고 받는 것이다. 완칭(婉卿)은 육조변려 중에는 량린시엔(梁令嫻), 즉 남조양(南朝梁)의 류링시엔 (劉令嫻)의 「제문(祭文)」을 가장 칭찬했으며, 중추(中秋)의 절구(節句)에 량차이(良材)가 황가(黃家)을 찾아가 만찬 자리에 앉아 술을 걸고 시를 읊을 때에도 「제문(祭文)」 의 일절(一節)을 고음(高吟)한다. 중양(重陽)의 절구 전야 에 다시 황가(黃家)를 찾아간 량차이(良材)가 두푸(杜甫) 가 절찬(絶讚)한 유신(庾信)의 「애강남부(哀江南賦)」는 어 떤지 묻자, 완칭(婉卿)은, 두푸(杜甫)가 유신(庾信)을 퇴상 (推賞)하는 것은 그의 적요(寂寥)한 일생이 자신과 비슷 했기 때문이고, 제가 량린시엔(梁令嫻)을 절찬하는 것 은 그 심정이(만약에 남편이 먼저 세상을 떠난다면) 아마도 그 러한 것이었으리라 생각하기 때문이라고 대답한다. 남편의 성적 불능이 치료되고 날이 밝은 다음날 아 침, 허꽝(和光)은 아침 식사 자리에서 테이블을 젓가 락으로 가볍게 두드리면서 『시경(詩経)』에서 인구(引 句)하여 희롱거린다. 먼저 「月出皎兮」(「陳風·月出」), 「角枕 粲兮」(「唐風·葛生」), 「有美一人, 清揚婉兮」(「鄭風·野有蔓草」)의 사구(四句)를 「婉」에 빗대어 이어 읊는데, 이는 곧 완칭(婉卿)에게 그렇게 긁어 모아 만든 사구일장(四区一章) 따위는『시경(詩経)』에 없다고 한소리를 듣는다. 다음으로 읊은 것은 자작에 가까운「黄鳥来止, 宛丘之上, 頡之頏之, 泌水洋洋, 多且旨!」라는 구절이다.「黄鳥」는 『시경(詩経)』에 종종 등장하여 관목(灌木)에 날아들기도 하고(「集于灌木」), 언덕 한 켠에 머무르기도(「止于丘阿」) 한다. 완칭(婉卿)은 처음 두 구절을 듣고 나서「이것은 흡사 "비(比)이면서 흥(興)"이네요」라며 다 듣고 나서「陳風·月出」에「泌之洋洋」라고 되어 있는 것으로 기억하고 있는데, 왜「水」로 바꿨는지를 묻자(여기서 완칭(婉卿)이 질문을 한 김에 말하자면, 일전의「清揚婉兮」은 원래「婉如清揚」인데 이도 바꿔 버렸다고 허광(和光)에게 따지는 것은 잘못 기억하고 있는 것으로 그려진다.「野有蔓草」에는 두 형용이 모두 쓰이고 있다. 마오둔은 완칭(婉卿)이 틀리게 끔 설정하고 있는 것이리라), 「水」로 고친 것이 어떠냐, 더 좋지 않냐고 되물음 당해 얼굴을 붉힌다.『毛詩正義』에는「泌泉水也」라 되어 있으며, 「水」로 고쳐도 고치지 않아도 같은 뜻인데, 여기에서 말하는 것은 성행위를 암시하는「水」(淫水)이기 때문에 완칭(婉卿)은 얼굴을 붉힌 것일 것이다. 그런 완칭(婉卿)도 다음의 「月令」(다달의 변화를 취향으로 한 말 놀이)에서는 허광(和光)의 「雀入大水化爲蛤」에 맞춰 부끄럼도 없이 「雀入大蛤化爲水」라 받아 치며 둘이 자지러지게 웃는다. 이런 말장난은 성행위에 대한 의식 상의 탐닉(耽溺)이라 말할 수 있는 것이며, 마오둔은 전아(典雅)한 놀이 속에 그러한 탐닉을 용해시키고 있는 것이다. 뜰에 마련된 허광(和光)의 서재 「해은헌(偕隱軒)」에는 가오칭치우(高青邱)의 시 「行香子」의 한 수가 걸려 있으며, 황가(黃家)는 본편보다도 더 고전문학의 향기에 에워싸여 있다.

치엔량차이(錢良材)는 치엔가(錢家)의 삼남 치엔준렌(錢俊人)의 아들인데, 장남(그 부인이 장가(張家)에서 시집 온 루이 숙모(瑞叔母))의 아들이 둘 다 죽었기 때문에 후계자로서 장남의 집으로 들어왔다. 본편에서는 행동적인 개명(開明) 신사이지만, 「속고」에서는 국민당에 입당하여 국공합작에서 분열하는 정치의 소용돌이 속으로 말려 들어간다. 이 량차이(良材)가 완칭(婉卿)을 뛰어

난 여성으로 인정하는 장면은 본편에서도 나오지만
이상의 여성이라 칭송하는 장면은 본편에는 없었던
설정이다. 「속고」에서는 그가 미남자인 것이 밝혀진
다(라기보다도 본편은 용모에 대해서 이야기하고 있지 않다). 량차
이(良材)가 상하이에 원칭(文卿)(계모의 형수의 남동생)을 찾
아갔을 때 원칭(文卿)은 량차이(良材)와 함께 기루(妓楼)
에 오른다. 거기에서 펑메이셩(馮梅生), 펑치우팡(馮秋芳)
오누이의 백부(「숙부」라고 하는 곳도 있으며 통일되어 있지 않다)
펑매판(馮買弁)이라 불리는 펑투이옌(馮退奄)과 만나고,
펑(馮)의 손님이 원칭(文卿)에게 량차이(良材)의 미모를
『삼국지(三国志)』의 주유(周瑜)에 비유하며, 펑(馮)은 정
위엔허(鄭元和)(당대 전기(唐代伝奇) 「李娃伝」에서 제재(題材)
를 가져온 명대(明代)의 희곡(戯曲) 「수유기(繡襦記)」의 등
장 인물)을 빗대어 가며, 기녀(妓女)들 조차 이 구가(旧
家)의 귀공자(「世家公子」)에게 푹 빠져 버린다. 그 용모
는 「白面紅唇, 劍眉星眼, 英俊之中帶一点嫵媚, 襯着那
一身高級洋服, 更顕出骨格清奇」라며, 재자가인(才子佳
人)의 소설에라도 나올 법 한 미소년(「小白臉」)으로 그

려지고 있다. 이렇듯 기녀들에게 둘러싸인 량차이(良
材)이지만, 기녀라는 비천한 직업은 죄악으로 가득
찬 사회의 산물이며 그녀들 자신을 평등한 인간이라
여겨 같이 뒤섞여 노는 일은 없다. 펑매판(馮買弁)과의
대비를 통해 량차이(良材)의 정의로운 모습이 부각되
는 장면이다.

　량차이(良材)는 완칭(婉卿)의 남편 황허광(黄和光)을 앞
에 두고 「이 세상이 넓다고 하지만 완칭(婉卿)에 비할
여성은 한 명도 없다. 나는 후처는 별로 들일 생각도
없지만, 만약에 들인다면 꼭 완칭(婉卿)과 같은 사람
으로 할 거다」라고 거리낌 없이 말한다. 완칭(婉卿)은
그 량차이(良材)의 정의감과 사회적인 행동력을 인정
하여, 스스로도 손전방군(孫伝芳軍)과 북벌군(北伐軍)과
의 개전(開戦)을 회피하려고 왕보션(王伯申)을 움직여
북벌군의 입성을 획책하려는 수를 쓴다. 그러나 이
러한 사회적 행동에 끌려가는 일 없이 매진하는 량
차이(良材)를 「타오주공(陶朱公)」(판리)(范蠡)의 기개로서
경제적으로 지원하고 싶다고 생각한다. 량차이(良材)

가 다른 여성과 만나고, 완칭(婉卿)은 남편을 회복시
키고 아들까지 얻었다는 것은 앞에서도 말했지만,
약간 이상화(理想化) 된 량차이(良材), 완칭(婉卿) 두 사람
이 서로 관계하면서도 각자의 인생에서 풍부한 결실
을 맺어 나간다고 하는 「속고」의 줄거리는 「본편」과
의 정합성을 잃지 않은 채로 전개된 것이라 말할 수
있을 것이다. 단 인물상에는 이 장에서 봐 온 것과
같은 변용이 더해졌으며, 작품의 무대가 확대됨과
동시에 『상엽(霜葉)』의 소설 세계는 새로운 로망을 향
해 뻗어 가려고 하는 것처럼 보인다. 「속고」가 「속편」
으로 완성되어 있었다고 한다면 독자는 작중 인물의
매력은 물론이고, 작품의 정치 의식, 성애 의식의 현
재화에 놀랐을 것이다.

5) 나가며 — 「상엽(霜葉)」과 「가짜 좌파(左派)」

『상엽(霜葉)』이란 제목은 두무(杜牧)의 7언 절구 「산
행(山行)」의 한 구절에서 「於」의 한 글자를 「似」로 바

170

꿔 적은 것이다. 이 제목의 유래에 대해서는 마오
둔이 「신판후기(新版後記)」(58년)에서 상세히 기록하고
있다.

> 음력 2월 봄, 붉게 앞 다퉈 피는 꽃의 아름다움이
> 란 눈부시지만, 바람과 서리를 견뎌내기란 어려우며,
> 단풍잎은 서리를 맞으며 2월의 꽃보다도 짙게 붉은
> 색으로 물이 든다.

원시(原詩)를 이렇게 해석한 후에 마오둔은 원시의
의미를 반대로 전용(転用)한 전의(転義)를 다음과 같이
설명한다.

> 『상엽(霜葉)』속의 주요 인물들은 최초(1927년 국민
> 당 쿠데타 이전)에는 「좌파」였고, 마치 진정한 혁명당
> 인인 것처럼 보였으나, 시련을 맞으면서 일부는 소극
> 적이 되었고, 일부는 적에게 붙곤 했다. 『상엽(霜葉)』
> 과 비교하여보면, 이러한 「가짜 좌파(左派)」는 진짜 붉

은 꽃보다 빨간 것일지도 모르겠으나, 요컨대 그럴싸
하게 보이고 있는 것일 뿐, 「닮은꼴(似)」이라고는 하
나 진짜(真)는 아니다「"似"而已, 非真也。」. 게다가 27
년 이후의 반혁명 세력의 흥륭(興隆)도 일시적인 것으
로, 『상엽(霜葉)』과 같이 결국에는 조락(凋落)할 운명에
있는 것이다.

라고. 「似」에도 비교급의 「於」과 같은 용법이 있지만
마오둔은 동등 비교를 위해 「似」로 바꾸었다. 바꾸
어서, 눈비음의 『상엽(霜葉)』(즉 「가짜 좌파(左派)」)은 이월
화(二月花)처럼, 시련을 못 견디고, 일시적으로 피어오
르는 세력 또한 『상엽(霜葉)』과 같이 지고 마는 운명
이라고 하는 동등 비교를 내포시킨 것이다. 본편은
1923년, 24년경의 이야기[91] 이기 때문에 아직 「시련」
은 도래하지 않았다. 진짜 혁명당다운 인물도, 비록

---

91 본편 제2장의 주싱지엔(朱行健)의 좌담에서, 「"무술(戊戌)로
부터 20년"」이라는 시기가 지금으로부터 「5, 6년 전」에 해당
된다는 사실이 나타나 있다.

치엔량차이(錢良材)에서 그 편린(片鱗)을 엿볼 수는 있지만, 아직 등장하지 않았다. 과연「속고」는 이 제목이 갖는 의미를 풀어 밝히는 전개 양상을 보이고 있는 것일까?

「속고」의 이야기 전개는 분명 북벌에서 국민당 쿠데타로의 진행,「시련」후의 좌파의 우경화(右傾化)를 시야에 넣고 있다. 마오둔이 말하는「가짜 좌파(左派)」에는, 1) 우파가 좌파를 가장하여, 좌파를 부고(誣告)함, 2) 국민당 좌파의 동요, 우경화, 3) 공산당에서 이탈, 전향 등이 포함된다고 생각된다. 1)은『동요(動搖)』의 후궈광(胡国光), 2)도 마찬가지로 팡뤄란(方羅蘭)으로 이미 형상화되어 있으며,[92]「속고」에서도 국민혁명군이 입성한 후, 봉건지주 자오쇼이(趙守義)의 측근 중한 명인 판송페이(樊雄飛)가 치엔량차이(錢良材)를 토호열신(土豪劣紳)의 수괴(首魁)라고 부고한다. 정치적 혼돈(카오스)을 그리는 것은 만년의 마오둔에게 있어 쭉 자

---

92 졸고(拙稿)(1985)「『動搖』論」『野草』36호

173

극적인 테마였다. 2)에 관해서는 국민당 내에 착종
(錯綜)하는 파벌의 세부를 들여다보려고 하고 있으며,
3)도 처음으로 소설화하는 주제이다. 「신판후기(新版
後記)」에 제시된 방향은 「속고」의 완결로 분명해 졌으
며, 제목의 의미도 밝혀질 것이라는 예측은 가능하
지만, 실제로 집필한 「속고」만 가지고 본다면, 마오
둔의 집필 의식은 「신판후기(新版後記)」의 방향에 반드
시 합치하지는 않고, 그 관심은 히어로, 히로인이 활
약하는 모험 연애담(로망스) 쪽으로 크게 기울어 있
다.93 「신판후기(新版後記)」에 나타난 구상, 또는 정치
적 모럴이라고 할 수 있는 그것은 어디까지나 그러
한 작품으로 완성시키고 싶다는 작자의 원망(願望)인
것이다. 그러한 배경에서 해설되고 있는 제목과 본
편의 「연계부상(聯係不上)」이라고 하는 관계는, 작품
자체의 미완·완결에 관계 없이 연결 고리가 없는 관

---

93 딩이강(丁爾綱)은 「『상엽홍사이월화(霜葉紅似二月花)』와 그
속편에 대해서」(『野草』55호, 1955년)에서 장진주에(張今覺)
의 모습은 「국민당 좌파의 여걸 쓰지엔차오(施劍翹)를 연상시
킨다」고 말하고 있다.

계를 유지하며 괴리(乖離)가 제목을 상징적 존재로 하여, 어딘가 메타포가 깔려 있는 것이 아닌가 하는 별종(別種)의 효과를 만들어 왔다. 「속고」가 공개된 후에도, 이번엔 작자의 집필 의식이 다른 것으로 옮겨간 탓에 그 괴리는 기본적으로 좁혀지지 않고, 제목에 고집(固執)하면 그 의미는 더욱더 풀리지 않는다. 본편, 「속고」라는 신구(新旧) 이종(二種)의 텍스트는 우리들에게 어떤 질문을 던지고 있는 것일까? 이 점 대해 우푸휘(呉福輝)는 다음과 같이 지적하고 있다.

「완칭(婉卿)이 차지하는 중심적인 위치는 변하지 않을 뿐 아니라, 오히려 강조되고 있다. 원래 그녀는 가정 내 서재에서 그 총명함을 발휘해 왔지만, 지금은 주가(朱家) 부자(父子)의 포스트를 지키며, 친시엔(琴仙)을 구해 내고, 현(県) 내의 정치적 악폐를 몰아내고, 북벌군을 맞이하는 등, 작전을 짜고 계략을 세우는 데 능한 재능을 나타낸다. 게다가 장진주에(張今覚)라는 여성이 등장하여 치엔량차이(銭良材)와 인연을 맺

는 전개는, 그 시대 청년을 밝게 비추는 것이며, 한편
으로는 「상엽(霜葉)」식 인물을 향한 비판은 여전히 크
게 드러나지 않는다. 현 내의 봉건적인 보수파 자오
쇼이(趙守義)와 신파(新派) 부르주아 왕보선(王伯申)의 싸
움에서의 양 파(派)로 말할 것 같으면, 자오(趙) 측은
시종일관 하고 있으며, 그는 쑨촨팡(孫伝芳)과 결탁하
는데, 왕(王)은 거의 단절된 채로, 더욱이 펑(馮), 왕(王)
양가는 혼인관계로 이어지고, 완칭(婉卿)도 적극적으
로 관계해 나가는 전개에서 중국 현대사에 있어서의
부르주아의 「파괴성」을 느끼기는 힘들다. 이것은 의
미심장한 일이다.」[94]

이 계발(啓発)적 지적 자체가 「의미심장」하다. 완칭
(婉卿)이 펑(馮), 왕(王) 양가와 적극적으로 관계를 맺고,
치엔량차이(銭良材)와 장진주에(張今覚) 두 사람이 국민

---

94 동주(同註) (11). 이 단평에서는 「상엽(霜葉)」식 인물을 향한
   비판은 「依然不多見」이라고 되어 있는데, 같은 우푸휘(呉福
   輝)에 의한 을본의 「序言」에서는 「依然不見」이라고 되어 있다.

176

당 좌파의 변절을 한탄하며, 자신들 스스로도 은서
(隱棲)하게 되는 결말은 분명 「상엽(霜葉)」식 인물을 그
린 것이라 말할 수 있다. 그러나 그들은 모두 생생한
히어로, 히로인으로 그려져 있고, 비난 받지는 않는
다. 비난 받아 마땅한 「가짜 좌파」는 주요 인물의 변
절, 변용을 비판하는 형태로 그려진 것이 아니라. 주
요 인물에게 전한 정보로써, 또는 판슝페이(樊雄飛)와
같은 주변 인물의 행위로 그려진 것에 불과하다. 제
목은 역시 작품의 내용과 괴리된 상징적인 것으로
남게 된다. 원래 마오둔이 「상엽(霜葉)」에 담으려고
한 의미에는 좌파의 변절뿐 만 아니라, 우파의 일시
적인 대두, 흥륭(興隆)도 포함되어 있었다는 것을 생
각하면 정치적 혼돈이 초래하는 인간의 변용이라는
한층 더 추상화 된 수준의 의미를 제목에 부여할 수
도 있을 것이다. 이런 의미에서 한 번 더 본편을 읽
어 본다면, 마지막 장의 결말에서 치엔량차이(錢良材)
가 던진 「한 사람의 인간이 선악을 동시에 갖는 것은
무엇 때문일까?」라는 질문 속에 「상엽(霜葉)」이란 제

목의 진짜 의미가 담겨 있는 것은 아닐까? 말하자면
이와 같은 해석도 가능할 것이다.

06

항일전쟁기 작품
『주상강위(走上崗位)』의 위상
─『단련(鍛鍊)』과의 비교를 통하여 ─

1) 들어가며

　『주상강위(走上崗位)』(『제자리로 돌아가다』, 1943)는 루안종핑(阮仲平)이라는 상하이 민족자본가에 초점을 맞춰 항일전쟁기의 도시사회를 그린 전체소설이다. 변화하는 시대 상황을 능숙하고 민첩하게 작품화해 버리는 마오둔 소설의 방법을 엿볼 수 있는 작품인데, 지금까지의 작품에서는 볼 수 없었던, 또『단련(鍛鍊)』(『단련하다』, 1948)의 「원본」이라는 주장

도 있고 해서 거의 언급되는 일이 없었다. 이번에
그 원문이 일본에서 간행되어(중국문예연구회 발행, 1982
년), 처음으로 우리 앞에 「전설의 장편」이 실체를
드러내었고 마오둔의 전체상에 한 발짝 다가갈 수
있는 귀중한 초석이 마련되었다[95]. 이번 발행은 마
오둔 작품의 「미싱 링크」를 발견한 것이라 비유할
수 있다(후술). 1930년대부터 1940년대까지의 작품
중에 『자야(子夜)』(1933), 『제일계단적고사(第一階段的故
事)』(1938), 『청명전후(淸明前後)』(1945), 『단련(鍛鍊)』과 『주
상강위(走上崗位)』는 모두 동시대를 전체소설[96]로 그
려 내려고 하는 마오둔의 방법이 가져온 성과인 것
이다. 현실의 전체가 관심의 대상이며, 그 현실을
담아내는 상상력의 폭을 유지하며 장편을 구상하

---

95 이번 간행에서 다룬 것 중에 웨이샤오창(魏紹昌) 「茅盾『走上
崗位』日本翻刻本前言」(「野草」 30号), 오타 스스무(太田進) 「茅
盾 : まぼろしの長編小説『走上崗位』」(「중국문예연구회 회보」
32호), 사와모토 교코(沢本香子) 「茅盾『持ち場に就く』の周辺」
(동 회보 33호), 고레나가 슌(是永駿) 「茅盾『走上崗位』評論抄」
(동 회보 32호)를 참조하길 바란다.
96 『청명전후(淸明前後)』는 「희곡」이지만 「각본이 있는 소설」 또
는 「소설적 희곡」이라 하는 편이 좋다.

는 그의 방법은, 시대를 민국 초기로 거슬러 올라가 그린 『상엽홍사이월화(霜葉紅似二月花)』(1942)에서도 관철되어 있다. 일기체 소설인 『부식(腐食)』(1941)은 심리 소설 쪽으로 크게 기울어져 있지만, 주인공 자오휘밍(趙惠明)의 심리에 굴절하여 비친 시대 상황이 그려져 있다는 점에서, 이면을 관조한, 또는 네거티브가 내재한 전체소설로 볼 수 있다. 그의 작품이 어떻게 탄생해 왔는가에 대한 테마는 여기에서 다루지 않고, 이들 작품군 중에서 『주상강위(走上崗位)』의 위치를 가늠하기 위해서 『단련(鍛鍊)』과의 비교를 시도하며, 『주상강위(走上崗位)』가 하나의 작품으로 독립되어 있는지 여부를 따지지 않을 수 없다.

2) 『주상강위(走上崗位)』와 『단련(鍛鍊)』

『주상강위(走上崗位)』(전12장)의 줄거리는 일본군의 상하이 침공에 저항하여 공장을 내륙부로 이전시키는 이른바 「천창(遷廠)」의 과정[97]에 초점이 놓여 있다.

181

도시사회의 여러 계층을 비추며 약동하는 그의 다층
적인 시점의 핵심에 있는 것은 민족자본·민족공업
으로의 경도(傾倒)이다.「공장 이전」을 적극적으로 추
진하는 루안종핑(阮仲平), 소극적 또는 매변적(買弁的)
성격의 주징푸(朱兢甫) 등의 기업가에, 해체 이전 작업
에 종사하는 기사(技師)(나공정사(羅工程師))와 노동자의 군
상을 배합하며, 그 외에도 의사, 대학 교수, 인텔리
청년 등의 중간층, 전화(戰禍)가 토해 낸 난민이 도시
사회층으로 그려지고 있다. 게다가 등장인물 각각의

---

97 만철(満鉄) 조사부『지나(支那) 항전력 조사 보고』(복각(復刻).
    1970년, 삼일서방)에 의하면, 1938년 12월 현재, 오지 이전 공
    장은 339 공장, 이전 톤 수 57,899.6톤, 중일전쟁 전의 공장 총
    수(30명 이상의 공장)의 이천 여 개에 대해 17% 정도, 실질적
    으로는 10% 이하로「공장의 이전은 선전된 것에 비해 많이 진
    척되지 못했다.」이전 공장 339의 내역은 기계금속 143, 방적
    59, 화학 37, 인쇄문구 31, 전기기구 21 등. (20~21쪽) 우스이 가
    츠미(臼井勝美)『日中戦争』(중공신서)는 공장의 이전에 대해
    서 언급하고 있지 않지만 상하이 전화(戰禍)에 대해 다음과 같
    이 말하고 있다.「격렬한 시가전이 전개된 상하이에서는 공동
    조계전구(租界戰区) 즉 북부 및 동부의 공장 지대만 봐도 구백
    여 개의 공장이 소실 파괴되었다. 전 상하이에서 공장 총 수 오
    천이백 개 중 이천구백 개를 잃었고, 손실액은 팔억 원에 달하
    는 것으로 관측되고 있다.」(p.52)

가족의 초상이 작품에 깊이를 더하고 있다. 작품의
줄거리를 확인해 두자.

　루안종핑(阮仲平)은 공장 이전의 경험자로 등장한
다. 루안(阮)에게 「네 공장의 해체는 어떻게 되어 가
냐」고 질문을 받은 주징푸(朱兢甫)는 여러 가지 문제는
있지만 「해체」[98]하기로 결정했다며 그 결의를 내 비
춘다. 그러나 주(朱)의 결의의 배경에 해체 후에 내륙
부(漢口)로 이전하는 것이 아니라 상하이의 조계(租界)
내의 창고로 일시 피난시키려는 의도가 있다는 것이
첸커밍(陳克明) 교수에 의해 밝혀진다. 전화(戰火) 속의
이송, 도착 후의 조업(操業) 재개까지의 어려움과 시
국의 변화를 예측하여 조계 내의 안전한 외국인 상
인 창고에 맡기려 한다는 것이다. 루안종핑(阮仲平)의

---

98 이 부분, 원문에서는 "然而我還是下了決心一折!"(下点筆者)라
　고 되어 있는데(p.23), 루안(阮)에게서 "兢甫, 你的廠拆得怎樣
　了?"라고 질문을 받고는 "我是巴不得一天就拆完, 馬上裝船, 運
　了走. 可是工人們不肯上勁, ……"라고 주(朱)가 대답하는 문맥
　을 고려한 상태에서의 "我還是下了決心"이므로 "折"가 아니
　라 "拆"가 맞는 것이 아닌가 생각한다. 오독이 아니라면 게재
　잡지인 「文藝先鋒」에서 묘사할 때의 오류일 수도 있겠다.

형 멍치엔(孟謙)과 루안종핑(阮仲平)의 장인인 루런샨(陸
仁山)도 한커우(漢口)로 이전한 린티란(林惕然)이 우한(武
漢)에서는 그 입지가 곤란하여 결국에는 사천까지 이
전하게 되면서 당황했다는 이야기와 쑤저우허(蘇州河)
가 통행 불능이라는 이야기를 하며 루안(阮)으로 하
여금 내륙부로의 이전을 단념시키려 한다. 그러나
루안종핑(阮仲平)은 쑤저우허(蘇州河)를 못 지나면 네이
황푸(內黃浦)를 지나면 되고, 거기도 위험하다고 할 것
같으면 적의 손에 공장을 넘기느니 차라리 네이황(內
黃)에 침몰시켜 버리는 편이 좋다고 말하면서 오지(奧
地) 이전의 뜻을 꺾지 않는다. 『주상강위(走上崗位)』에
그려진 민족자본가 루안종핑(阮仲平)은 항일의 기개와
정열을 갖추고 있다. 청년들은 루안종핑(阮仲平)의 동
생인 루안지쩐(阮季真), 딸인 루안지에슈(阮潔修), 의사
쑤즈페이(蘇子培)의 딸인 쑤신지아(蘇辛佳), 게다가 루안
지에슈(阮潔修)의 어머니 쪽 사촌의 아내인 허멍잉(何夢
英) 등을 중심으로 그려진다. 지에슈(潔修), 신지아(辛
佳), 멍잉(夢英) 세 사람이 난민수용소에서 구제 활동

을 하는 장면(6장), 난민의 치료를 담당하는 모 의사 (莫医師)(5장) 등 삶에 전념하는, 대부분은 상류 가정 출신의 청년들이 그려지는 한편으로 단 한 사람 허멍잉(何夢英)만은 그늘에 드리워진 존재이다.

그녀는 남편, 시아버지인 유엔윤센(袁運森), 유엔(袁)의 첩과 같이 살고 있는데, 남편은 오 년간 그녀의 감정을 짓밟고 방탕에 빠져 악질(惡疾)을 옮긴다. 첩은 일본 낭인(浪人)의 연줄을 타고 홍커우(虹口)에 있는 재산의 보전을 계략 했으며 남편과 시아버지도 그에 가담한다. 보이지 않는 한간(漢奸)인 그들을, 그들과 함께 사는 이 집을 멍잉(夢英)은 증오하지만 그녀의 「강위(崗位)」(자리)는 이러한 감옥 또는 지옥이라고도 할 수 있는 「집」, 민족의 이익이 매일 배신당하는 이 「집」인 것이라 스스로의 자리를 정하고, 그곳을 그녀 자신의 항일의 장으로 정의 내리는 것이다. 공장 노동자들의 「자리」는 일본군 폭격 하에서 주야로 진행된 공장의 해체·이송의 현장이다. 상하이 조계 내로의 「이전」을 꾀하는 다른 공장의 공원(工員) 빼내기와 폭격의 표적으로 불꽃을 쏴 올리는 한간(漢奸), 이송 중인 선상에서 도망치는 남자(야오샤오광(姚紹光))의 삽화를 섞어 넣으면서 항일의 의지를 강하게 품은 노동자들의 군상을 생생하게 그리고 있다. 작품의 결말은 멀리 한커우(漢口)를 향해 쑤저우(蘇州) 부근에 도착한 이송 선대(船隊)와 상하이에서 일본군과 격전을 벌이는 병사들의 모습을 오버랩시키며『주상강위(走上崗位)』의 주조(主調)인 항일의 조(調)를 행 간에 남기며 끝난다.

이렇게 보면『주상강위(走上崗位)』라는 이야기는 자본주의 열강에 의한 식민지 지배하의 중국에 있어서 자력으로 자본주의의 길을 걸어 온 민족자본, 항일기에는「현재의 오지 공업의 기간(基幹)을 이루고 있는 것은 이 이전공업(移転工業)」[99]이라고 일본 측에 분석 당하고 있었던 민족자본에 끊임없이 주목, 아니 어쩌면 기대에 가까운 무언가를 품어 온 마오둔(茅盾)

---

99 주(2)에 게재한 만철 조사부 보고, p.20

의 작품 정신이 시대의 어둠, 또는 벽을 향해 던진 저항의 노래인 것이다.

1948년 마오둔(茅盾)은 홍콩에서 마찬가지로 「천창(遷廠)」을 제재로 『단련(鍛鍊)』을 썼다. 「『단련(鍛鍊)』소서(小序)」(1979.10)에 의하면 당시 마오둔(茅盾)은 8년간의 항일기를 다룬 5부 연작의 일대 장편을 구상하고 있었고, 그 제1부 『단련(鍛鍊)』을 다 썼을 때 정치협상회의(政治協商会議) 참가 준비를 위해 홍콩을 떠났다고 한다. 그 웅대한 구상에 전체소설로서의 「사시(史詩)」의 구축을 쇄신하는 한 사람의 작가의 강고한 의지를 느끼는 것은 필자뿐 만은 아니리라.

항일기의 상하이를 무대로 그린 작품에는 이미 『제일계단적고사(第一階段的故事)』가 있다. 루거우차오(盧溝橋) 사건(1937년 7월 7일)부터 상하이 실함(失陷)(같은 해 11월)까지를 그린 이 작품은 「중일전쟁의 『제1단계』를 그 역사의 증거로 풀어 낸, 중국 내면의 다큐멘터리」[100]이다. 여기에서 그려진 민족자본가 허야오시엔(何耀先)은 「상하이까지 전화(戰禍)가 밀려오는 와중

에 항전의 의의를 자각하고, 오지로 노동자까지 몽
땅 합쳐 공장을 이전하는 것까지 생각하며 민족공업
가로서 애국적 행동을 취하려고 하지만, 그에 응해
야 마땅한 국민당의 정책은 결여되어 있고, 아니 결
여되어 있다고 할까 오히려 못 본 체할 정도로 반동
적인 것이기도 하다[101]. 이 작품에 「천창(遷廠)」의 해
체·이송은 그려져 있지 않다. 『주상강위(走上崗位)』,
『단련(鍛鍊)』보다 조금 시대를 거슬러 올라가고 있지
만 『단련(鍛鍊)』13장에, 「813」(1937년 8월 13일 일본군의 상하
이 침공)의 포성이 울리고 한 달 남짓, 이라 되어 있는
것처럼 시기적으로 겹치는 부분도 있다. 어느 쪽이
든 두 작품은 『제일계단적고사(第一階段的故事)』를 계승
하면서 「천창(遷廠)」이라는 다른 시야로 완성되는 것
이다. 『단련(鍛鍊)』에서는 「상하이 공창연합천이 위원
회(上海工廠聯合遷移委員会)」가 오지로의 공장 이전 구체안

---

100 오타 스스무(1976) 「茅盾の『第一階段の物語』試論」『野草』18
    호, p.12
101 상동, p.6

을 막 정한(3장) 단계에서, 옌종핑(嚴仲平)[102]의 공장이
먼저 선수(先鞭)를 쓰는데, 『주상강위(走上崗位)』의 루안
(阮)은 앞에서 말한 바와 같이 공장 이전의 경험자이
다. 조계 내의 안전한 창고로 「이전」하여 분위기를
보는 기업가의 의도도 『단련(鍛鍊)』3장에서는 처음으
로 제기된 모양새가 갖춰져 있지만, 『주상강위(走上崗
位)』에서 옌종핑(嚴仲平)은 그런 의도는 지금까지 몇 번
이고 들어 왔다는 설정(2장)으로 되어 있다. 일단 작
품 속에 흐르는 시간에 엇갈림이 있는 것은 두 작품
이 각각 독립한 작품으로 읽힐 가능성을 갖고 있다
는 것을 지적해 둔다. 다음으로 시간의 엇갈림 보다
두 작품의 상이를 결정짓는다고 할 수 있는 인물의
형상에 대해 보자. 이야기가 전개하는 로망의 「장(場)」
으로 기업의 저택, 공장, 이송중의 선상이 쓰인 것은
두 작품의 공통된 부분이지만, 『단련(鍛鍊)』에는 난민
수용소의 장면이 없으며[103], 새로 상하이 부근 농촌

---

102 『단련(鍛鍊)』의 주인공, 『주상강위(走上崗位)』의 루안종핑(阮仲
平)에 해당하는 인물

지대의 작은 마을과 전장(戦場)이 더해졌다.

『단련(鍛錬)』의 민족자본가 옌종핑(厳仲平)이 경영하는 국화기계공장(国華機械工場)의 해체 작업이 시작된 지 3일째, 종핑(仲平)의 딸 옌지에슈(厳潔修)는 동급생인 쑤신지아(蘇辛佳)(의사쑤즈페이(蘇子培)의 딸. 공산당계 항일 조직 가입의 혐의로 특무기관에 체포·구류된다)를 면회하다가 그녀 또한 구류되어 버린다.

둘은, 종핑(仲平)의 형인 옌보치엔(厳伯謙)(칙임관(勅任官))의 알선이 있었을 것이리라, 석방되었고 쑤신지아(蘇辛佳)는 북방으로 갈 결심을 한다. 둘과의 관계에 대해 질문 받지 않을까 공포를 느낀 루오치우쯔(羅求知)(어머니 쪽 사촌, 쑤신지아(蘇辛佳))는, 특무의 앞잡이가 되

---

103 「『鍛錬』小序」 안에서 마오둔은 「구고를 정리하고, 상하이 관영 난민 수용소의 참상을 묘사한 두 장을 더했다」고 기술하고 있다. 홍콩 일본학술교류위원회판 『鍛錬』(전 25장. 1981년 3월 28일 출판)과 문화예술출판사 『鍛錬』(1981년 5월) (홍콩 시대도서유한공사 『鍛錬』(1980년 12월)과 동일 내용. 전 27장)과 비교해 보면, 전자의 13장과 14장 사이에 두 장 14, 15장이 더해져 있다. 그리고 이 두 장은 『走上崗位』의 5, 6장을 수정하여 더한 것이라는 사실이 이번 『走上崗位』의 발행으로 밝혀졌다.

어 석방 후의 지에슈(潔修)를 미행할 정도로 변절, 타
락한다. 한커우(漢口)가 아닌 조계 내로의「천창(遷廠)」
을 주장하는 형·보치엔(伯謙)의 설득에 넘어가려 하
는 종핑(仲平)의 태도에 기사장(技師長)인 조우웨이신(周
爲新)은 격노하며, 노동자들과의 사이에 끼어 사표를
내려고 하는 것을 종핑(仲平)의 동생인 옌지쩐(嚴季真)
이 말린다. 동요하는 종핑(仲平)에게 오지로의「천창
(遷廠)」을 결의하게 한 것은, 이전하지 않으면 공장 이
전의 명목으로 개인의 재산 보전을 한 사실을 폭로
하겠다는 노동자의「최후 통첩」이었다. 종핑(仲平)의
친구 첸커밍(陳克明) 교수는 일본통인 한간(漢奸) 후칭
촨(胡清泉)의 집에 살고 있다(첸(陳)과 후(胡)는 일본 유학
시절의 친구). 후칭촨(胡清泉) 아들의 미망인 인메이린
(慇美林)은 루오치우쯔(羅求知)을 유혹하려고 한다. 그런
집에서 나와 이사를 해야 한다고 권하는 지에슈(潔修)
에게 첸커밍(陳克明)은「우리들은 아직도 숨은 한간(漢
奸)과 같은 기관에서 일하며 같은 무대에 서서 철저
항전을 외치고 있는 것이다」「집 주인이 한간(漢奸)인

것이 싫으면, 가까운 친척이 한간(漢奸)이면 어쩔 것이냐」(13장)라고 대답한다. 집 주인인 후칭촨(胡淸泉)에게는 「옌보치엔(嚴伯謙) 그들 입장에서 보면 그들의 원수는 그들과의 합작을 망상하고 있는 항일 분자 패거리인 것이다. 그러니까 내 말은 저 첸커밍(陳克明) 선생이야말로 제1급의 바보 천치라는 것이다」(12장)라고 내심 바보 취급을 받고 있었지만 첸(陳)은 그 집을 떠나지 않는다. 공장 노동자에 대해서는 한간(漢奸)적 분자를 품으면서도 해체, 이송의 선두를 끊는 노동자의 군상이라는 점에서 두 작품은 공통점이 있지만, 최후 통첩을 내미는 노동자는 『주상강위(走上崗位)』에서는 볼 수 없다. 그 외 농촌의 주둔 부대, 부상병, 농촌 출신의 청년 자오지우커(趙克久)와 그 여동생 등이 등장하며, 그 만큼 시야가 넓어진다. 이러한 시야 아래에서의 인간상의 상이는 두 작품의 차이를 결정 짓는다.

먼저 루안종핑(阮仲平)과 옌종핑(嚴仲平)인데, 옌(嚴)은 루안(阮)만큼 항일의 기개는 없을뿐더러 끊임없이 동요하며 갈팡질팡하는 이면성을 가진 인물이다. 기사장(技師長)인 조우웨이신(周為新)은 루오(羅) 기사와 같이 존재감이 없는 인물이 아니며, 콧대가 높아 옌종핑(嚴仲平)에게 격노하고, 말할 수 없는 허무감에 빠지기도 하는 복잡한 성격을 부여 받아 이야기의 한 초점을 형성하고 있다.

옌보치엔(嚴伯謙)은 루안멍치엔(阮孟謙) 보다 적극적으로 동생을 설득하여 「합작을 망상하는」 첸커밍(陳克明)을 모멸하고 있다. 그 첸(陳)은 허멍잉(何夢英)이 있었던 유엔윤센(袁運森)의 집과 비슷한 후칭촨(胡清泉)의 집에 세를 들어 살고 있다. 「공장 이전」을 둘러 싼 노사(勞使) 구조도 『단련(鍛鍊)』에서는 기업가의 동요와 기사장의 번민을 노동자의 「최후의 통첩」이 타파하여 활로를 끌어내는 것과 달리, 『주상강위(走上崗位)』에서는 기업가 스스로가 활로를 열고 노동자가 이에 협력한다는 기본적인 상이를 보이고 있다.

등장인물의 성명이 비슷하거나 일치하는 점, 공장의 해체, 이송 장변이 비슷한 점을 보면 두 작품이

전혀 다른 작품이라고 말할 수 없는 점이 남고, 마오
둔(茅盾) 자신이 5부 연작을 구상하면서 「원본」을 다
시 쓰려고 의식한 것일지도 모른다. 그러나 작품 속
에 흐르는 시간의 차이, 중심적 인물 형상의 차이
는 핵심적 부분에서 두 작품이 서로 다른 작품이라
는 가능성을 부정하기 힘들게 하고 있다. 다음으로
두 작품의 상이를 결정짓는 또 한 가지의 요소로
생각할 수 있는 허멍잉(何夢英)이라고 하는 특이한
성격이 『단련(鍛鍊)』에는 등장하지 않는 것에 대해
서 말하겠다.

3) 허멍잉(何夢英)의 형상에 대해서

『주상강위(走上崗位)』의 「강위(崗位)」는 공장 이전을
진행하는 루안종핑(阮仲平)과 노동자들 「자리」에 초
점을 맞춘 것인데, 허멍잉(何夢英)의 「강위(崗位)」도 눈
에 띄진 않지만 또 한 가지의 초점을 만들어 내고 있
다. 이미 기술한 바와 같이 「她的崗位就在這牢房似的

194

斗室, 就在這地獄一般的"家"; 因為出賣民族利益的勾当, 就是在這里進行的!」(8장)라는 표현에 그녀의 「자리」에 대한 작자의 경주(傾注)를 읽어 낼 수 있다. 이 특이한 여성 허멍잉(何夢英)이『단련(鍛鍊)』에는 등장하지 않는다.

『주상강위(走上崗位)』에서의 허멍잉(何夢英)의 등장은 제4장 루안종핑(阮仲平)의 저택, 종핑(阮仲平)의 어머니(老太太)를 에워싼 단란(団欒)의 장(場)에서의 대화 속에서 이루어진다. 유엔(袁)가의 사람들을 화제로 삼던 중 지에슈(潔修)의 입에서 「멍잉 언니(夢英表嫂)」라는 이름이 나온다.

사람들의 대화 속에 먼저 복선으로 어떤 인물의 이름을 등장 시키거나, 대화를 통해 어떤 인물의 성격을 묘사하는 것은 마오둔(茅盾)이 다용하는 수법의 하나이다. 지에슈(潔修)의 입에서 그녀의 처지에 대한 이야기와 함께 유엔(袁)가의 가헌(家憲)을 어기고 항전 활동을 한 멍잉(夢英)을 유엔(袁)의 첩(한간(漢奸)인 것을 멍잉(夢英)에게 들켜 버린 상태)이 괴롭히고 있기 때문에 루안

(阮)가로 데려와 같이 살고 싶다고 한다. 멍잉(夢英)이 실제로 등장하는 것은 제 6장 난민수용소의 장면이다. 수용소 근처의 노상에서 3명의 딸이 모 의사(莫医師)와 만나는 장면이며, 여기에서는 모 의사(莫医師)의 눈을 통해 멍잉(夢英)의 모습을 묘사하고 있다. 어떤 인물의 눈을 통해서 다른 등장인물의 모습을 표현하는 수법도 마오둔(茅盾) 소설에서 애용된다. 일체로 마오둔(茅盾)의 장편소설의 이야기를 풀어 나가는 방법은 점증법적이며 동시에 유기적이고, 독자의 시야를 누긋이 유기적으로 구성하는 능숙함을 겸비하고 있다[104]. 모 의사(莫医師)의 눈에 비친 멍잉(夢英)은,

그녀(루안지에슈(阮潔修))의 뒤에 서 있는, 연한 블루

---

[104] 주(5)의 오타(太田) 게재 논문은 묘사의 수법에 대해서 언급하고 마오둔의 평론「문예 대중화 문제」(1938년 3월)을 들며, 또한 그 수법과 구백화체(旧白話体) 소설과의 관계에 대해서도 설명하고 있다.『霜葉紅似二月花』나『動搖』와 같이,『鍛鍊』『走上崗位』도 그 유기적인 이야기의 조립, 이야기 플롯의 점층법적 해명 수법이라고 하는 점에서 마오둔의 묘사 방법을 탐구하기에 알맞은 소재이다.

색 옷을 입고 늘씬하고 살짝 여윈듯한 모습의 여성
이 모 의사(莫医師)를 가만히 주목하고 있다. 그녀와
같이 온 두 명에 비해 이 여성은 분명 연장자로 보이
는데, 그 표정에는 부드러움 속에 어딘가 침울한 듯
한 기운, 나긋나긋하면서도 그 배후에는 활활 타오르
려고 하는 정열적인 불씨를 숨기고 있는 것만 같았
다. 그를 바라보는 그녀의 투명하고 길게 뻗은 아름
다운 눈은 어떤 신기한 빛을 담으며, 마치 다른 세계
에서 온 사람처럼, 모든 것이 신선하다는 듯이, 마음
이 동요하여 온갖 미혹과 두려움까지도 숨기기 벅찬
모습이었다.(p.70)

수용소의 위문 활동을 적극적으로 추진하는 신지
아(辛佳), 지에슈(潔修)와 비교해 멍잉(夢英)은 소극적으
로 의연금(義捐金)을 내는 정도이다. 지에슈(潔修)의 눈
에도「멍잉(夢英)이 주저하지 않을 수 없는 것은 집을
나와서 어디에 가서 무엇을 할 것이냐는 거예요. 그
녀는 뭐든지 흥미를 갖지만 뭘 하든지 흠칫 흠칫 하

는 모양이야.」라고 비춰진다. 난민들의 눈도 그녀의
타오르는 내면의 불씨를 감싸는 온화함을 간파했다.
이렇게 먼저 멍잉(夢英)을 둘러싼 외면적인 이미지를
축적해 놓은 상태에서, 제 8장 지에슈(潔修)가 멍잉(夢
英)의 방을 찾아가는 장면에서, 처음으로 멍잉(夢英)은
고통에 찬 내면에 대해 이야기한다. 옆 방과의 문이
밖에서 열리는 방에 억지로 끌려 들어가다시피 한 멍
잉(夢英)은 남편과 그의 첩이 한간(漢奸)이라는 물적 증
거를 쥐고 있다.

　그들이 홍커우(虹口)의 재산 보전의 대가로 요구 당
한 품목 리스트 비슷한 서문이 바로 그것이다. 악마
의 손은 언제 문 밖에서 문고리를 열고 들어올지 모
른다. 그럼에도 멍잉(夢英)은 그 방에 남아, 자신의
「강위(崗位)」를 여기로 하겠다고 말한다. 지에슈(潔修)
는 멍잉(夢英)의 눈에 냉혹한 빛이 스쳐가는 것을 보
고 전율한다. 그 눈빛은 마치 큰 상처를 입은 야수가
자신을 지키기 위해 저항하려 할 때에 볼 수 있는 그
러한 것이었다. 지에슈(潔修)는 내다보지 못했지만,

멍잉(夢英)의 정신은 남편의 유린을 겪으면서 박살났고, 「구원 받을 수 없다는 것을 알았을 때는 적을 물고 늘어져 같이 가라앉아 버릴 것이다」라는 의식을 안고 있었던 것이다.

이렇게 독특한 성격을 가지고 있었던 허멍잉(何夢英)이 『단련(鍛鍊)』에는 등장하지 않는다. 한편 루오치우쯔(羅求知)라고 하는 연약한 청년이 특무의 「개(犬)」로 변절·타락하는 부분이 『주상강위(走上崗位)』에서는 그려지지 않는다. 이렇게 보면 두 작품은 서서히 질적으로 다른 작품임을 생각하게 된다. 그렇게 생각될 뿐만 아니라, 두 작품은 서로 다른 작품으로 각각 독립하여 읽을 수 있다. 즉 거의 같은 제재를 사용하면서도 작자가 등장인물에 대한 시점을 서로 다르게 조립할 때, 그 작품의 소설세계는 서로 다른 우주를 형성하며, 두 작품은 서로 다른 작품으로서 읽히는 것이다.

웨이샤오창(魏紹昌)씨는 허멍잉(何夢英)을 『제일계단적고사(第一階段的故事)』의 구이칭(桂卿)(청 아가씨(程少奶奶))과

닮은 여성이라고 지목하고 있다(「일본중인(日本重印)
《주상강위(走上崗位)》전언(前言)」. 봉건적인 가정의 멍에
를 잘라 버리고, 스스로 부상병 또는 난민의 간호에
나서는 구이칭(桂卿)은 분명히 허멍잉(何夢英)과 닮은
존재이다. 그러나 자신의 「강위(崗位)」를 어디에 둘
것인가, 어디에서 어떻게 살아 갈 것인가라는 인생
의 좌표축을 정하는 데 있어, 두 사람은 대극적인 위
치에 있다. 구이칭(桂卿)이 종원(仲文)과 「샨베이(陝北)」(해
방구)로 떠나는 것은 벽 너머로 「날아가는」 것이며,
거기에 사는 의미를 도출해 낼 수 있는 하나의 비약
이었다. 한편 허멍잉(何夢英)의 눈은 누구의 눈에나 쉽
게 알 수 있는 한간(漢奸)이 아니라 어떤 의미에서는
그들 공공의 한간(漢奸)보다도 증오해 마땅한 가까운
사람들의 「한간(漢奸)」적 행위를 향해 있다. 한간(漢奸)
의 소굴을 자신의 「위치」로 정한 멍잉(夢英)은 「날아
가는」것보다도, 벽과 마주하여, 그 벽에 구멍을 뚫어
와해하려고 하고 있었다. 그 와해가 그녀에게 있어
비약이 될 것이 분명했다. 그런 점에서 허멍잉(何夢英)

에 가까운 여성상은 구이칭(桂卿)보다도, 『부식(腐蝕)』
의 자오휘밍(趙惠明), 또는 『청명전후(淸明前後)』의 황멍
잉(黃夢英)일 것이다. 휘밍(惠明)의 「위치」는 국민당 특
무라고 하는 한간(漢奸) 그 자체의 세계이며, 황멍잉(黃
夢英)은 민족공업을 파멸로 몰아가는 금융계의 「공개
된 한간(漢奸)보다도 증오해야 마땅한 한간(漢奸)」놈들
사이로 뛰어들어 덧없는 저항을 하면서, 체포되어
행방을 알 수 없었던 챠오장(喬張)의 행방을 밝혀낸
다. 인생관을 그 기층에서 형성하는 내면적인 연결
고리 위에서 허멍잉(何夢英), 자오휘밍(趙惠明), 황멍잉(黃
夢英)을 연결하는 하나의 선은, 허멍잉(何夢英), 구이칭
(桂卿)의 표면적인 닮음보다도 깊고 강렬하다.

4) 나가며 ― 항일전쟁기 작품 『주상강위(走上崗位)』 의 위상

이번에 『주상강위(走上崗位)』를 추가함으로써 『자야
(子夜)』『제일계단적고사(第一階段的故事)』『단련(鍛鍊)』『청

201

명전후(淸明前後)』로 상하이 민족자본가의 운명을 더듬어 온 작품의 계열이 완결된 것이다. 각각의 작품의 주인공, 우순푸(吳蓀甫), 허야오시엔(何耀先), 옌종핑(嚴仲平), 루안종핑(阮仲平), 린용칭(林永淸)의 인물 형상을 비교하면, 마오둔(茅盾) 작품에 있어 민족자본가가 그 시대를 살아 낸 모습이 선명히 드러난다. 위대한 야망이 있었으나 매변(買弁) 자본 앞에 좌절하여 공장 폐쇄를 하게 된 우(吳), 기업가로서 일본군 침략에 저항할 길을 찾았던 허(何), 동요하면서도 공장 이전을 모색하는 옌(嚴), 감연(敢然)히 해체·이전을 해 나가는 루안(阮), 공장 이전·입지의 고난을 넘겼지만 「황금안(黃金案)」(금 폭등 조작 사건)의 함정에 빠진 린(林), 이들 작자의 민족자본가를 향한 경주(傾注)라고 해도 좋을 파토스에 의해 지탱되는 인물 형상의 전변(転変)을 보며, 옌종핑(嚴仲平)부터 린용칭(林永淸)에는, 루안종핑(阮仲平)이라는 인물을 배치해서야 비로소 연결 고리가 보이기 시작하는 것이리라 생각한다. 공장의 기사장(技師長)한테서 변절자로 낙인찍히고, 노동자의 「최후

202

통첩」으로 겨우 휘청거리는 몸을 바로잡은 옌종핑
(嚴仲平)과 이전·입지의 고난을 감연히 벗어난 린용칭
(林永淸)은 유사점을 갖지 않는다. 이 양자 사이에 루
안종핑(阮仲平)이라는 인물을 배치하고서야 비로소 민
족자본가의 군상은 「완결」된다고 말할 수 있는 것은
아닐까? 그런 의미에서도 『주상강위(走上崗位)』는 『단
련(鍛鍊)』과는 다른 한 개의 작품으로 마오둔(茅盾) 작
품중에서 독립된 위치를 차지해야 하는 것이며, 그
계열을 완성한 이번 간행은 흡사 미싱 링크(잃어버린
환(環))의 발견이라고 비유할 수도 있을 것이다.

동아시아의 문학코드

07

마오둔(茅盾)문학의 환상과 현실

— 30년대 초기의 작품과『부식(腐蝕)』의 문체와 구조 —

1) 들어가며

마오둔의(茅盾) 작가활동은 일반적으로 다음의 세 시기로 구분된다.

Ⅰ시기 : 1927-30년, Ⅱ중기(좌련기) : 1930-36년, 그리고 Ⅲ후기(항일전쟁기 이후) : 1937-48년이다. 그 중에서도「자야(子夜)」와「임가포자(林家舖子)」등, 농촌삼부작을 탄생시킨 제Ⅱ기가 가장 창작의 성과가 풍부했다. 그러나 이 제Ⅱ기-좌련기의 전반에 걸쳐 마오둔의 문학 의식이 전면적으로 전개되었다고 보기는 어

렵고, 오히려 이 시기를 시작으로 1931년 후반부터 33년까지의 기간 사이에 집중적으로 전개되었다고 말하는 것이 적절하겠다.

마오둔의 『부식(腐蝕)』(1941년 홍콩의 「대중생활(大衆生活)」에 연재)[105]는 일기체 소설이다. 일기는 쓰는 이인 「나(私)」의 내적 현실을 드러낸 것으로 작자가 가공의 인물의 일기를 만들어 내는 일 그 자체는 근본적으로 가구(假構)이며 허구(픽션)이다. 이 일기체는 실존하지 않는 것을 내적인 진실로 그려낼 수 있고 또는 그 반대의 경우도 가능하다는 점에서 허구를 향한 원초적 유혹으로 가득 찬 형식이다. 그렇기 때문에 이 형식은 독자를 충분히 납득시킬 수 있는, 인간 내면의 적

---

105 「大衆生活」은 주간 잡지. 주편(主編) 조우타오펀(鄒韜奮). 마오둔은 편집위원 중 1명. 『腐蝕』의 연재는 신1호(국민30년 5월17일)부터 신20호(동30년 9월 27일)까지의 20회에 걸침. 동지는 1935년 11월 상하이에서 창간, 이듬해 36년 2월 제16기까지 내지만 국민당 정부에 의해 차압됨. 1941년 5월 17일 홍콩에서 복간(復刊), 신1호로 하고 같은 해 12월 6일 발행한 신30호까지 이어졌지만 태평양 전쟁의 발발로 정간(停刊)—상하이타오펀(韜奮)기념관이 발행한 영인본(影印本)(1981년 8월)에 근거함.

나라함을 숨김없이 표출하는, 읽는 이가 완전히 그 작품 세계로 빠져들기에 충분한 힘을 가지고 있는 줄거리를 갖추지 않으면 안 된다. 가공의 타인을 통해 말하고 있지만 이야기의 주체는 물론 작자 자신이다. 이 논문에서는 먼저 30년대 초기의 작품을 검토하고, 이에 더하여 『부식(腐蝕)』에서 보여지는 화법(문체)의 분석을 하나의 기준으로 중국 현대문학에서 『부식(腐蝕)』이 심리소설로서 갖는 어떤 가능성을 가늠해 보고자 한다.

2) 30년대 초기의 작품들

(1) 30년대 초기의 작품들과 그 집필 시기

1931년 후반부터 33년까지 발표된 작품과 그 집필 시기, 게재지 등은 다음과 같다.

① 「자야(子夜)」 1931년 10월 기고, 도중 8개월을 중단하고 32년 12월 5일에 탈　고. 개명서점 1933

년 1월 초판.

② 「소무(小巫)」 1932년 2월 29일 별제 「소성춘추(小城春秋)」

① 「화산상(火山上)」(「자야(子夜)」 제2장) 문학월보1(1932년 6월 10일)

③ 「임가포자(林家舖子)」 1932년 6월 18일 신보월간

①'' 「소동(騷動)」(「자야(子夜)」 제4장) 문학월보2(1932년 7월 10일)

④ 「우제이장(右第二章)」 1932년 9월 8일 동방잡지 Vol. 29=4, 5(1932년)

별제 「야미앙(夜未央)」

⑤ 「춘잠(春蠶)」 1932년 11월 1일 현대Vol. 2=1(1932년11월)

⑥ 「신적멸망(神的滅亡)」 1933년 1월 8일 동방잡지 Vol. 31=4(1933년2월16일)

⑦ 「추수(秋收)」1933년 1월 신보월간 1933년4, 5월 Vol. 2=4, 5

⑧ 「잔동(殘冬)」1933년 ?월 문학창간호(1933년7월)

⑨ 「당포전(当鋪前)」 1933년 ?월 현대Vol. 3=3(1933년7월)

「자야(子夜)」를 제외하고 모두 단편이다. 이 9편을 다루어진 사회 계층별로 보면, a민족자본가 및 도시의 각 계층을 포괄①, b농민⑤⑦⑧(이상 「농촌삼부작」)⑨, c소시민②③, d지식층④, e신들(신화)⑥, 가 된다. 이 작품들은 다음과 같은 관련성이 있다.

「자야(子夜)」에 그려지는 것은 상하이 경제계의 치열한 확집(確執)의 와중에 있었던 일민족자본가 우순푸(吳蓀甫)의 야망과 그 좌절이다. 그가 경영하는 제사(製絲)공장은 매판 자본가의 압박과 공장 파업 등으로 조업이 단축된 후 폐쇄 되는파국을 맞는데, 이는 춘잠(春蚕)에 사활을 건 장난(江南)의 농촌 경제 황폐화가 가속된다는 것을 의미한다. 춘견(春繭)과 가을 벼수확에 모든 것을 건 농민들 먼저 마을의 누에고치 공장 폐쇄와 누에고치의 폭락, 쌀 폭락에 의한 헐값 장사를 견디지 못하고 망연자실한 나머지 폭동을 일으킨다(농촌삼부작). 농촌경제의 파산으로 인한 구매력의

　저하와 금융업의 고갈은 소도시에서 잡화점을 경영하는 　임상점(林商店)을 　도산시키고(「임가포자(林家舖子)」), 전당포 또한 빈농의 고착을거들떠 보지도 않은 채 어두운 궁박(窮迫)에 기름을 붓는다(「당포전(当舖前)」).

　게다가 1932년 1월에 발발한 일본의 중국침략 "1. 28"(상하이사변)과 일본제 생사(生糸)의 덤핑이 타격적 요인이 되어 양잠 경제는 붕괴하였고, 농민의 구매력에 의존하고 있었던 시골 마을 소상인의 파산을 부추겼다. "1. 28" 때 폭격을 당한 출판사 편집원 「이선생(李先生)」의 동요를 그린 「우제이장(右第二章)」 등에서도 볼 수 있듯이 사회 각 계층을 에워싸며 휘몰아치는 경제 공황과 식민지화의 악몽은 이들 작품을 잇는 한 줄기의 흐름이다. 그 외 2편-지주의 첩이 된 「링지에(菱姐)」의 윤락한 생활을 그린 「소무(小巫)」, 북유럽 신화에 보여지는 신들의 황음(荒淫)과 그 멸망을 그린 「신적멸망(神的滅亡)」-은 이들 7편을 잇는 흐름에서 벗어나 있다. 윤락의 척결, 또는 신화를 이용한 현대의 풍자라고 하는,또 다른시야로 그려진 작품이다.

「자야(子夜)」와 다른 작품들을 집필 시기별로 보면, 「자야(子夜)」를 중단한 8개월 사이에 ②③④를 쓰고, ⑤는 「자야(子夜)」 집필과 병행하여 썼다는 것을 알 수 있다. 집필 시기는 작자의 집필 의식을 가늠하기 위한 요소로 신중히 확인해야 마땅하다.

(2) 집필 시기와 작자의 집필 의식

1930년 봄, 마오둔은 2년을 채 못 채우고 일본에서 귀국한다. 눈병과 신경쇠약을 치료하는 한 편으로 장편을 준비하기 시작하여 30년 겨울에는 큰 틀을 짰다. 그리고 「자야(子夜)」를 「31년 10월에 쓰기 시작하여 32년 12월 5일에 탈고, 그 간 병마, 사건, 상하이전쟁, 혹서 때문에 중단한 기간이 합 8개월이 되어」 실제 집필 기간은 「1931년 10월부터 32년 1월까지, 그리고 32년 10월부터 12월까지」이다. 상하이 사변은 32년 1월 28일에 발발, 병마란 앞에 쓴 내용과 위장질환을 가리키며, 사건이란 32년 4월경 친족(親屬)의 상을 치르기 위해 귀향한 일을 가리킨다. 그리고 「여러 사정으로 "자야(子夜)"를 각필(擱筆)한 동안에 시간이 있을 때 쓴 단편이 "임가포자(林家舖子)"와"소무(小巫)"인 것이다」라고 한다.

그러나 그는 후에 「실제로는 1931년 여름 휴가 이전에 쓰기 시작하여, ……처음3, 4장을 다 썼을 즈음에 여름이 되어 중단, …… "1. 28" 이후가 되어 겨우 완성했다」라고 말하였다. 「자야(子夜)」 19장 중에 반은 1931년 중에 완성한」 것이니까 그 중 4장까지가 31년 여름 전에 이미 쓰여져 있었다고 해도 이상할 것은 없다. 「자야(子夜)」 탈고 직후에 쓴 「후기(後記)」에 「31년10월에 쓰기 시작하여」라고 되어 있는 것과는 모순이다. 「자야(子夜)」 제4장에는 소도시 쌍챠오쩐(双橋鎭)을 덮친 농민 폭동을 그리고 있는데, 이 4장까지 쓰고 각필한 것과 집필 시기가 엇갈리는 것 사이에 어떤 관련이 있는 것은 아닐까?

「자야(子夜)」 집필 당초의 구상은, (1) 민족공업의 파탄과 노동자에 대한 가혹한 착취 (2) 노동자의 투쟁 (3) 당시의 군벌내전, 농촌 경제의 파산과 농민 폭

동, 의 세 방면을 혼합하여 그려낸다고 하는 장대한
것이었다. 당시의 포괄적인 사회상을 집어내기 위해
민족공업의 파탄과 함께 민족공업의 공황을 악화시
키는 농촌경제의 파산이라고 하는 농촌을 향한 시선
을 포함시키려고 했다. 그러나 써 나아가면서 「당초
의 계획대로 쓰면 그 범위가 너무 넓어 스스로의 능
력으로는 역부족임」을 느꼈기 때문에 「당초의 계획
을 반으로 축소하여, 도시는 그리지만 농촌은 그리
지 않기로 했다」. 농촌을 전혀 그리지 않았다는 것
은 아니고, 「(도시와 농촌) 양쪽의 상황을 대비하면서
당시 중국혁명의 전모를 반영하기」위해 「소설의 제
4장에서 농촌의 혁명 세력이 하나의 마을을 포위하
여 손아귀에 넣는 모습을 그려 복선」을 깐 것 인데,
후반에 가서는 그 플롯을 포기하지 않을 수 없었던
것이다.

　「자야(子夜)」제4장에서는 지주층의 황폐가 묘사되
고 있지만 정작 폭동의 주체=농민이 폭동을 일으킬
수 밖에 없었던 내발적이고 근본적인 원인에 대해서

는 묘사되고 있지 않다. 이는 제4장 이후에서도 마찬가지인데, 제8장에서 폭동의 채찍에 밀려 상하이로 도망간 지주 펑운친(馮雲卿)의 회상을 통해 농민의「원한(怨念)」이 간접적으로 그려지고 있을 뿐 농민 그 자체가 형상화되지 못한 채 끝나고있다.

마오둔은「식(蝕)」제2작인「동요(動搖)」(1927)에서 후베이성(湖北省) 모현(某縣)에서 일어난 혁명 투쟁과 반혁명 폭동을 묘사했다. 국민당 좌파의 동요에 열신(劣紳) 몰윤리·악덕(沒倫理·惡德)을 배치하고, 지주의 첩 등을 분배하는 농민집회도 그려져 있다.「대택향()」(1930년10월)에서는 진(秦) 시대의 배경으로 징병된 빈농의 반란을 그린 농민 폭동을 암시하고 있다. 그리고 이어지는 것이「자야(子夜)」제4장의 농민폭동이다.

여기에서 폭동을 일으키는 농민이 처음으로 등장한다. 한편 농촌 삼부작에서는농민의 환상을 파고드는 현실의 무게, 농민을 뿌리 채 흔드는 내발적인 요인-농촌 경제의 파산을 날카롭게 지적하고 있다.「자야(子夜)」제4장과 농촌 삼부작, 이 두 작품의 묘사를 보면 농촌을 그려내는 작자의 의식에 결정적인 차이가 있다는 것을 알 수 있다. 또 농촌에 가까운 소도시에서 태어나 소년 시절에 그가 보고 자란 「뽕잎 시장」과 그의 집을 출입했던 농민과의 접촉, 어머니의 양잠 경험으로부터 양잠에 관한 지식을 얻었다고 하더라도 그것만으로는 경제 공황에 시름하는 농민의 내면을 다 알 수는 없었을 것이다. 「고향잡기(故鄉雜記)」(1932년)에서 보듯이 귀도에 올라 폐쇄된 누에고치 공장과 가속화된 농촌경제의 붕괴를 새로이 알고, 그 붕괴에 의해 드리워진 검은 그림자에 의해 파산해 나간 소상인에 대해서도 알게 되었다. 또 이전부터 알고 지내던 자작농에게 그는 「자기 밭을 가지고 있고, 작년에는 수확도 나쁘지 않았는데 왜 입하를 넘길 즈음에 쌀이 떨어지는 일이 벌어지는가, 게다가 수십 원의 빚까지 지었다고?」라고 물어보며 현명하고 근검한 안정된 자작농조차도 만성적인 파산에 직면하고 있는 현실을 고발하고 있다.

그 고향으로의 여행은 그에게 「춘잠(春蚕)」「임가포

215

자(林家舖子)」「당포전(当舗前)」의 제재(題材)를 제공한다. 훗날 친구에게 귀농할 것을 권하고 있는 것만 보더라도 이 귀향이 깊은 인상을 남긴 사건이었음을 짐작할 수 있다. 마오둔에게 있어서 자신의 진심어린 시야로 농민층을 다시금 바라보기 위해서 1932년 4월경의 양잠지인 자신의 고향을 찾아간 이 여행이 꼭 필요했던 것이리라.

그는 「발자크가 그러했듯이」「나는 때로는 1, 2만 자가 1장을 이루는 소설에서는 항상 1, 2천자가 되는 큰 틀을 짜내었다」고 하였다. 「자야(子夜)」의 경우에도 30년 겨울에 큰 틀을 집필하고 31년에는 그 큰 틀에 기반하여 처음 3, 4장까지를 써내었다. 4장까지 썼을 때 먼저 병을 얻었고 혹서까지 겹친 것도 있지만(그는 혹서를 싫어하여 여름에 집필하는 것을 꺼려했다), 농촌 경제의 파산이라는 현실을 어떻게 그려낼까, 단순히 폭동 그 자체의 전말을 관념적으로 「원한(怨念)」으로써 묘사하는 것이 아니라 농민을 움직이게 한 내발적인 모순을 어떻게 형상화하는가의 문제가 명확한 인물 형상의 이미지로써 떠오르지 않았기 때문에 결국에는 집필을 중단하고 집필 의식에 간극이 발생한 것이 아닐까? 31년 여름에는 결국 기대하는 바를 관철시키지 못하고 집필을 중단·포기하였다. 그 시점에서 스스로의 문학 의식을 다시 한번 돌아보고 여름이 지난 31년 10월부터 조금 축소된 시야에 입각하여 집필을 재개하였고, 어떤 새로운 차원으로 나아가면서 「후기」의 「10월 집필 개시」에 그러한 의식이 반영된 것이 아닌가 생각한다. 집필 시기는 이렇듯 작자의 집필 의식의 간극·엇물림을 고려하지 않고서는 성급히 판단할 수 없는 것이리라. 위와 같은 예는 비단 「자야(子夜)」에만 적용되는 것은 아니다. 「식(蝕)」의 경우에도 비슷한 집필 의식의 엇물림 현상을 엿 볼 수 있다.

마오둔 스스로가 기대하던 구상을 완수할 예정이었던 농촌 삼부작, 그리고 그제1작인 「춘잠(春蠶)」과 「자야(子夜)」 후반의 집필 시기는 겹친다. 그리고 삼부작이 완성된 1933년 7월-31년 여름부터 2년이 지

217

난 시점에서 그의 당초의 장대한구상은 완성되었다고 보아도 좋다. 「자야(子夜)」와 「농촌삼부작(農村三部作)」은 일체가 되어 경제공황을 그 내부로부터 고발해 낸 것이다.

3) 30년대 초기의 작품들에 나타나는 문체

우리들은 이들 작품을 읽고 1930년대 초기의 중국사회를 문학 세계 안에서 「체험」한다. 경제공황에 직면하여 살아남기 위해 발버둥치는 인간을 등장인물과 함께 허구의 시간과 공간속에서 「체험」하며, 그 비극성은 가슴을 조이게 한다. 그러한 경우 작품 안의 현실이 갖는 리얼리티가 독자에게 감동을, 산문세계의 문학적 감동을 불러일으키는 것이다. 묘사하는 대상이 되는 인간이 살아가는 모습들이라고 하는 것은 참으로 비참한 사실의 축적이다. 그 사실을 대상화하여 작품으로 승화시키기 위해서는 그 사실의 무게를 견딜 수 있을 만큼의 강건한 감성이 요구

된다. 가슴을 파고드는 사실의 무게와 그것을 대상
화하는 작가의 감성 사이의 긴장된 연결고리가 작품
에 문제성을 갖게 하며, 인간이란 무엇인가라고 하
는 문학이 갖는 포괄적인 질문까지도 가능하게 하는
것이다. 그 질문을 지탱하는 리얼리티의 검증을 문
학 내부에서 찾아보도록 하자.

　마오둔의 문체에는 어딘가 일인칭에 의한 사소설
적(私小說的)인 발상을 거부하는 듯 한 핵(核)이 있는데
작품의 정황(情況) 형성을 보면 그 핵에 해당하는 하
나의 패턴을 추출할 수 있다.

　「임가포자(林家舖子)」의 한 장면을 보면, 학교에서
뾰로통한 얼굴을 하고 돌아온 린샤오지에(林小姐)가
침대에 몸을 던지며 고양이의 머리를 쓰다듬으면서
어머니를 부르는 장면으로 이야기가 시작되는데
「이것도 일본제, 저것도 일본제, 훌쩍!」 하는 어머니
의 목소리를 듣고는("청득(聽得)") 「깜짝 놀랐다. 머리를
빗을 때 짧은 머리카락이 잔뜩 뒷목에 붙은 것 같이
온몸이 근질근질했다」 라며 린샤오지에(林小姐)의 심

219

리적 생리적 묘사를 하고 있다. 「춘잠(春蚕)」 제1장에서는 운하 언저리에 앉은 라오통바오(老通宝)의 감각의 움직임을 통해 작품 전체의 틀을만들어낸다. 운하 언저리에서 배에 그물을 올리는 사람들의 고된 노동을 보며("간착(看着)"), 라오통바오(老通宝)는 스멀거리는 열기를 느낀다("각득(覚得)"). 그 스멀거리는 열기로부터 「원, 날씨까지 변덕일세」 라고 하는 내면의 세계로 들어간다. 그에 이어지는 회상(회상이 작품에 다시 새로운 시간적 공간적 거리를 제공한다)이 「춘잠(春蚕)」 의 무대가 되는 토지와 사람들을 소개하고, 이윽고 강을 거슬러 오르는 디젤선(船)을 바라보며("망착(望着)"), 「양귀자적동서(洋鬼子的東西)」(코쟁이(毛唐))에 대한 증오를 북돋우는 것이다.

이렇듯 어떤 정황이 행동 또는 시각·청각의 움직임에 의해 전개되고, 그 전개로부터 심리로 이동하는, 즉 「밖에서 안으로」 심리를 옭아매는 구조는 각 작품의 도입부 뿐 만 아니라 「자야(子夜)」와 같은 장편에서도 볼 수 있는 구조이다. 우순푸(呉蓀甫)의 형상

화에는 그의 난폭한 동작 을묘사한 것이 정황의 전
개와 맞물려 큰 비중을 차지하고 있고, 제7장에서는
짙은 안개로 폐쇄된 상하이의 시가지와 사람들의
「모든 윤곽의 선명함을 잃어버리고, 애매하게 변형
되어 버린」 모습을 보며 문득 기업계의 맹장으로서
스스로가 나아가고 있는 저 끝에 존재하는 것은 결
국 신기루에 불과한 것이 아닌가, 그를 에워싸고 있
는 것은 어렴풋이 변형된 인간이 아닌가라고 하는
불안에 잠기는 장면에서도 「밖에서 안으로」 심리를
옭아매고 있다. 또 농민폭동을 피해 상하이로 도망
간 펑운친(馮雲卿)의 초조함을 깨는 것은 2층에서 들
려오는 첩의 우렁찬 목소리이며, 딸의 하이힐 소리
인 것이다. 이렇듯 감각의 움직임으로 정황을 전개
한다.

이러한 도입법, 정황 형성의 방법은 이미 「식(蝕)」
제2작인 「동요(動搖)」에서 보여지고 있다. 흉계를 가
슴에 품은 후궈광(胡国光)이 희희낙락 귀가하여 앞문
으로 들어오는 순간 쨍그랑하는 소리를 듣고("청득"),

그는 도자기라도 깨져 첩인 진펑지에(金鳳姐)와 아내가 싸움을 시작한 것이라고 생각한다. 곧 「토호열신(土豪劣绅)」의 네 마디를 들은 그는 몸서리를 치며 「압류를 나온 것 이로구나」라고 생각한다. 이 경우 후궈광(胡国光)이 앞문으로 들어와 방을 지나가는 그 행동의 선상에서 무언가를 듣는다는 감각의 움직임이 보여지고, 거기에 독자는 어떤 공간적인 정황이 시간을 타고 형태를 만들며 전개되어 가는 모습을 구조적인 것으로써 아들이게 된다. 그 때의 심리는 서사적인 정황 형성에 내포되는 것으로써 전개되는 것이지 심리 그 자체가 정황을 꿰뚫고 요설(饒舌)적인 것으로 변형되는 것은 아니다. 「나」의 심리가 존재하고, 그 심리의 투영으로서의 정황이 「안에서 밖으로」 전개되는 것이 아니라, 「밖에서 안으로」 심리를 옭아매고 있는 것이다. 이러한 정황 형성의 경우 작자의 의식 안에 대상을 바라보는 거리가 생긴다.

　작가의 감각 리얼리티란 이렇게 획득된 의식 안의 공간, 문학적 공간이라 칭할 수 있는 거리감에 근

거하는 것이 아닐까? 마오둔의 경우, 이 거리는 무너
지지않는다. 전기의 작품에 보여지는 작자의 주관이
나 혼입(混入)은 그 자취를 감추고, 그것이 우순푸(吳蓀
甫)의 하나의 전형으로 형상화되는 것을, 그러한 형
상의 충일(充溢)을 가능하게 하고 있다. 그가 대상을
떼침으로써 형상화하고, 대상에 밀착해 버리지 않는
문체 내적인 요인을 여기에서 찾을 수있 다. 이「밖에
서 안으로」문체는 그가 어떤 동작의 압축적인 묘사
안에 인물의 내면을 부각시키는분석적 묘사를 예술
가의 경지로 생각하고 있었던 것에 기인한다. 서양
자연주의의 수용을 그러한 분석적 묘사를 섭취하는
것으로 생각한 것에 기인하는 이 문제가 반대로 그
의 구조적인 의식-동시대를 그대로 소설 안에 재구
성하려고 하는의식에 반작용하고 있다고도 말할 수
있다.

  마오둔의 작품은 강렬한 주정(主情)의 표백(表白)과
일인칭을 이용한 내면 심리의 노출에 의해 인간의
심층에 다가가는 유형이라고 보기는 힘들다. (「부식(腐

觸),〈1941〉의1인칭「아(我)」는 일기체라는 양식에 제한된 것으로 순수한 의미의1인칭은 아니다). 문학 공간에 있어서의 거리가, 대상에 밀착하는 것과 주정의 표백을 경원하게 하고 있다. 그는 「신변쇄사(身辺瑣事)」와 감상(感傷), 거짓말로 굳혀진 「혁명영웅」, 군중 행동에 대한 맹목적 무비판적 찬미 등등을 타기(唾棄)하고, 대신에 생활의 비장한 사시(史詩)를 대치하였다.

그는 현실 공간에 꿈틀거리는 인간의 유기적인 연대와 갈등을 구축하는 것에서, 밖으로부터 「개인(個)」의 내면을 파고드는 것에서, 산문 문체가 본래 갖는 미(美)를 찾아낸 것이다. 그 문체의 핵이 되는 것이 밖에서 안으로 심리를 옭아매는 서사적인 양식이다. 이러한 마오둔의 문학 의식은 일본인의 문학적 발상의 하나의 정형이 된 사소설적 감성의 대극(対極)에 있는 것으로 생각할 수 있겠다. 사소설은 「나(私)」의 마음의 내면, 「신변쇄사(身辺瑣事)」에서 주체성을 찾는 일에서 문학의 예술로서의 자립성을 요구해왔다. 그러한 사소설적인 문학 풍토를 배경으로 자란 감성으로 보면 우순푸(吳蓀甫)는 민족 자본가로서 가공된 주체성을 잃어버린 인물로 비춰질 뿐 일수도 있을 것이다. 그러나 애당초 문체의 존립 기반이 다른 것이다. 「중국에는 한 걸음 밖에서 들여다보는 전통이 있는 것이지요. 일본은 그런 경향이 약하다고 생각되는데 중국에서는 아주 강합니다」라고 하는 그 로망의 전통 속에 마오둔은 있다. 「사소설」적인 발상과는 무연한 그의 문학적 감성이 대상과 어떻게 연계하며 리얼리티를 획득해 나아갔는지 확인해 보자.

4) 환상과 현실

30년대 초기의 이들 민족공업의 쇠미(衰微)와 농촌경제의 파산, 소시민층의 생활 파괴를 그린 작품에 마오둔은 어떤 의미를 담은 것일까?

마오둔은 「춘잠(春蠶)」 이하의 농촌삼부작에서 처음으로 농민을 형상화했다. 양잠업의 붕괴와 가뭄,

쌀의 헐값 매매를 경험한 농민들이 폭동을 일으키는 모순을 빠른 템포의 스토리 전개를 통해 그리고 있다. 마치 그림 밑에 붙은 설명문처럼 명쾌한 그 전개는 충분히 독자를 의식한 것이다. 그리고 그 명쾌함은 다분히 어떤 「환상」에 「현실」을 들이대는 수법에 의거하고 있다. 「누에농사만 잘 되면 만사가 잘 풀린다」, 1개월 후에는 뽕잎이 새하얀 누에고치로 변하고, 그것이 짤랑하고 소리를 내는 은화로 바뀌고, 그 환상에 이끌려 배고픔에 헐떡이면서도 필사적으로 양잠 노동을 할 수 밖에 없는 현실은 공장의 불황,폐쇄, 그리고 헐값 장사인 것이다. 춘잠 수확이 좋았기 때문에 도리어 부채는 늘어난다고 하는 농촌경제의 붕괴– 라오통바오(老通宝)의 생활 신조의 파탄을, 작자는 라오통바오(老通宝)가 품은 환상, 황도사(黃道士)의 미신을 지렛대로 삼아그 려내고 있다. 헐값판매로 어떻게 한번 멀어진 손님들의 발길을 되돌려 보고자 하는 임상점(林商店)의 주인도 「일단은 손님을 되돌려 놓고 나서 조금씩 정가를 올릴 수 밖에 없다……게다가 만약에 근처에 도매상이라도 생기면 더할나위 없다」라는 달콤한 몽상을 하지만 잇단 빚 독촉으로 이 꿈도 깨지고야 만다. 이러나 저러나 환상은 비참한 현실 앞에 난도질 당하고 있다. 「자야(子夜)」의 경우에도 주인공 우순푸(吳蓀甫)가 꾸었던 민족 공업 확대의 환상은 공장 파업과 미국 자본을 뒷배로 한 자오보타오(趙伯韜)의 경제 봉쇄에 직면하며 수중에 넣은 팔공장(八工場)은 일·영 상인의 손에 넘어가고, 공장·저택도 담보로 잡히는 결과를 맞이한다.

5) 『부식(腐蝕)』의 문체와 구조

(1) 자오휘밍(趙惠明)의 의식과 심리묘사

『부식(腐蝕)』의 연제가 종료되었을 때 「대중생활(大衆生活)」지는 「마오둔 씨의 센세이션한 작품 『부식(腐蝕)』은 이번 호를 끝으로 완결하였습니다」[106] 라고 고

---

106 동지신20호, 영인본486쪽.

했다. 『부식(腐蝕)』이 센세이션을 불러일으킨 것은 일기체라는 형식이 새로웠던 것도 있고, 그 「일기」를 쓴 사람이 충칭(重慶) 정권하의 국민당 특무기관 여성 기관원이었다 라는 설정에 있었다고 생각된다. 그녀(자오휘밍(趙惠明))는 특무기관의 꼭두각시가 되어 원치 않는 일을 하게되 고, 그러한 자신의 환경을 증오하지만 빠져나갈 수 없는 상황에 처하는데, 그러한 고뇌와 모순에 가득찬 존재가 불가항력적으로 독자의 흥미를 유발시키는 장치적 역할을 한다. 존재의 모순은 의식의 분열을 초래한다. 일기 중에 자기 의식의 해체를 각인한 그녀는 이렇게 쓰고 있다.

「나처럼 영혼을 파괴당한 인간이 이 이상 무엇에 꺾이겠는가.」(9월19일경, 이하 날짜는 일기 중에 쓰여 있는 것).

이와 같이 일기를 쓴 이가 스스로의 분열, 해체된 의식을 일기에 담는 일에만 몰두했다면 이 작품은 그녀가 현재 자신이 처한 특무기관이라고 하는 역겨운 환경에 의해 그녀의 의식이 희롱 당하는, 그러한 의식들의 여러 단편을 그리는 것에 그쳤을 것이다.

228

그러나 작자는 시간을 거슬러 그녀의 성장 과정과 연애 편력과 같은 과거의 시간들까지도 현재 진행형으로 일기에 담아냄으로써 자오휘밍(趙惠明)이라는 여성상에 깊이를 더하고 있다. 그녀의 성장 과정과 연애 편력은 일기가 시작되는 1940년 9월 15일(24세) 이전의 시간속으로부터 계기하는 것이다. 그런 일련의 사건들을 회상 형식으로 표현 해낸 것을 일기 안에서 볼 수 있는데, 어머니의 모습, 언니의 혼례, 사랑의 파탄, 아이를 버리고 떠나는 에피소드 등을 정교하게 써 담았다. 그녀의 성장 과정과 어머니의 어머니의 모습은 둘 다 어둡다.

24년 전 오늘, 어머니의 육체로부터 작은 생명 하나가 갈려 나왔는데, 이 작은 생명이 기억하기로 그 어머니가 즐겁게 웃는 모습을 단 한번도 본 적이 없다. 샤오룽(小蓉)을 꼭 닮은 밉살스러운 첩, 게다가 G와 비교해 더 나을 것도 없는 아버지, 그것이 어머니의 생명 안의 역신(厄病神)이었다. 또 나는 어떤가하면,

어느 정도 나이가 찬 이래로 고락(苦楽)이라는 고락은
있는 대로 다 맛봐서 그런지 이제 와서는 그 고락의
식별 조차 불가능한 지경에 이르렀다. ― 영혼의 마
비. (9월15일. 샤오롱(小蓉)은 자오휘밍(趙恵明)에게 적개심을 품
은 여성기관원. G는 자오휘밍(趙恵明)을 성적 욕망의 대상으로 여
기는 상관.)

그녀가 해골바가지의 환영에 가위를 눌리는 장면
에서도 어머니의 모습이 그려진다. 말라리아 고열로
가위를 눌려 황야, 또는 감옥처럼 보이는 방에 해골
바가지가 굴러다니는 환몽을 꾸던 중에 엉겁결에 뭔
가 차마 들어주기 힘든 헛소리를 한 것은 아닌가 하
는 불안이 임종 때 들은 어머니의 헛소리를 떠오르
게 한다(10월23일). 어머니는, 독약을 두 사발 먹은 적
이 있는데 한사발은 자기가먹고, 또 한 사발은 아버
지의 첩에게 먹이려고 했다는 등평소 가슴에 담아두
었던 한을 있는 대로 쏟아내기 시작한 것이다. 자오
휘밍(趙恵明) 내면의 어머니의 초상은 행복과는 동떨

어진 상실감에 둘러싸여 있다. 전 애인인 샤오자오
(小昭)가 「공작(工作) 대상」이 되어 그녀 앞에 끌려 나와
언젠가는 목숨을 빼앗길 운명에 있는 그와의 한 순
간의, 감옥 안에서 이루어질 수 없는 사랑[107]을 쌓아
간 말로에, 샤오자오(小昭)는 사라지고(장소를 옮겨 목숨을
빼앗김), 그 상실감에 억눌려 그녀가 그녀의 어머니와
일체화 되는 대목- 「모든 것을 잃어버렸다. 나 자신
도, 나의 증오 조차도. - 문득 생각했다. 오늘의 나는
마치 죽기 반 년 전의 내 어머니와 꼭 닮았다.」(11월20
일)에서 과거의 시간을 진행형의 일기로 풀어 내는
마오둔의 정교한 수법을 엿볼 수 있다.

　과거의 시간 속에서 그녀를 조정해 특무 기관에
처넣은 것은 두 명의 비열한(卑劣漢)이다. 샤오자오(小
昭)와의 사랑이 파탄 난 후 처음으로 만난 것이 시창

---

107 자오휘밍과 샤오자오의 「사랑」에 대해서는 그것이 「정신적
　　으로 완결되어 있어도 현실에는 결여되어 있다」, 말하자면 「결
　　합의사랑」이라는것을, 샹푸가오(相浦杲) 「마오둔의 『腐蝕』」
　　(도리이히사야스(鳥居久靖) 선생화갑(華甲)기념논집, 1972년
　　12월)가 이미 지적하고 있다.

(希强)이라는 남자다. 그 후 두 번째로 만난 남자의 아이를 낳게 되고, 생후 3주 된 갓난이를 그녀는 병원에 버리고 나와버린다. 남자는 그녀의 귀중품 등을 훔쳐 달아나고 자취를 감춘다.(신판에서는 비열한은 시창(希强) 한 사람이고 그녀가 버린 아이도 시창(希强)의 아이라고 수정되어 있다. 그러나 이 부분은 폐색 상황으로 치닫는 자오휘밍(趙惠明)의 니힐리즘과 무절제한 성(性)과의 연관성을 나타내며, 구판에 더 설득력이 있다.) 사랑의 파탄은 사랑의 상실이며, 아이를 버린 것은 아이의 상실이다. 이렇게 그녀는 무엇인가를 잃어나가며 원치않았던 특무기관이라는 어둠의 깊은 못으로 쫓겨난다. 이 「상실한」, 「원치 않았던」, 「어두운 깊은 못으로 쫓겨난」 일이 일기 전반에 걸친 그녀의 정신 상황을 기본적으로 지배하고 있다. 일기가 시작되기가 무섭게 「나의 이 공허한 마음」, 「나처럼 영혼을 파괴 당한 인간」, 「눈 앞에 끝이 보이지 않는 깊은 못이 보인다. 생생하게 보인다. 그리고 그 안으로 뛰어드는 것 외에 도망갈 방도가 없다.」 등 「거꾸로 매달린」 정신 상황(스스로의 의지로 운명을 개척하는 생(生)

의 의지적인 그 무엇을 무언가에게 해체 당하고 말았다, 라는 의미로)에
대해 설명되고 있는데, 일기가 시작되기 전에 그녀
는 의식은 이미 상실감과 함께 어두운 못을 향해「거
꾸로 매달려」있다. 어머니를 여의고, 언니를 잃고(언
니의 혼례), 사랑을, 아이를 잃은 자오휘밍(趙惠明)의 상
실감은 수렁에 빠져 공허 속에「거꾸로 매달린」의
식과 함께 그녀의 심리 심층을 형성한다. 자오휘밍
(趙惠明)의 의식의 기능(작용)을「항시 역방향으로 반전
한다」고 보는 시각도 있는데[108] 그러한 경우에도 또
한 상실감과「거꾸로 매달린」의 식을 심층에 갖고
있음에 비로소 기능하고 있다고 말할 수 있다. 여기
에서「반전한다」라는 것은 X와 마이너스X의 의식
상태가 거의 동시에 출현하는, 또는 X로부터 마이
너스X로 순시에 전환되는 것을 말한다. 스스로의
존재를 포함하여 모든 것이 다 타 없어지기를(灰燼)
바라던 그녀가「나는 폭탄이 떨어지기를 기다리고

---

108 나베야마지즈루(鍋山ちづる)「『腐蝕』의 기능에 대하여」『야
    초(野草)』30호, 1982년8월).

있었다. 그러나 그런 때 조차 폭탄이 내 앞에 떨어질
리 만무하다는 생각도 했다.」는 일이나 자기 손이 죄
없는 자들의 피로 물들어 있으면서 한편으로는 스스
로를 순수한 자라 긍지(矜持) 해 마지않는 그녀의 의
식은 분명 「반전한다」는 특이성을 내포하고 있다.
마오둔의 작품에서는 『홍(虹, 무지개)』(1929년 작)의 주인
공 메이항수(梅行素) 같은 경우를 보아도 소침하는 듯
하다가 고양되는(예를 들면 눈물에서 웃음으로) 한 순간에
변전하는 의식이 때로는 이중인격적으로 그려지고
있다. 단 자오휘밍(趙惠明)의 경우 그 「반전」하는 기능
도 기본적으로는 상실감과 「거꾸로 매달린」 의식에
지배 받고 있다. 어두운 못으로 밀려 떨어져 못에 「거
꾸로 매달린」 채로 항상 의식을 반전시키며, 다가오
는 마수에 필사적으로 견디는 것이 그 「반전하는」 기
능이 갖는 의미라고 생각되는데, 그 의미를 간파하고
나서야 비로소 「휘밍의 의식은 폐색적인 상황을 극
복하고, 개척하여 날아가려고 하고 있다」 라고 말할
수 있는 것은 아닐까? 「거꾸로 매달린」 의식이기 때

문에 샤오자오(小昭)와의 한순간의 재회에서도 격한 감정을 쌓아낼 수 있는 것이다. 샤오자오(小昭)의 죽음으로 인한 슬픈 결말 후에 그녀의 의식은 이번에야 말로 완전히 공허화 되어버린다. 그 곳에는 이제 니힐리즘만이 남는 것이 아닌가 생각되지만 마오둔은 자오휘밍(趙惠明)을 허무로부터 되살려 「재생(再生)」의 길을 걷게 한다. 이러한 자오휘밍(趙惠明)의 「재생」과 『부식(腐蝕)』의 심리묘사의 질(質)은 미묘하게 관련되어 있다.

자오휘밍(趙惠明)의 의식은 어떻게 그려지고 있는가? 작품의 전형적인 예 중 하나는 다음과 같은 묘사이다.

(a) 어제밤 그 꿈 이래로 잠들 수가 없다. 종이창에 희미하게 비춰진 청백(靑白) 기운은 먼 동의 빛인가, 달의 색인가? 전선은 이전 폭격으로 끊어진 채로 아직 수선되지 않았다. 반토막 남은 양초마저 쥐에 갈려버렸다. 손전등으로 팔목시계를 비춰보니 언제부

235

턴가 시계도 멈춰 있다. ……이런 상태에서는 몇 시인
지 아는 것만으로도 위안이 되는 것을.

　　다행히, 같은 저택 안에 사는 장교의 제3부인이 밤
놀이(夜遊)를 마치고 돌아왔다. 저택 안에 또각 또각
하이힐소리가 울려퍼진다. ……나는 마치 「밤눈(夜目)」
이밝아 「투시술」이라도 얻은 사람처럼 제3부인이 허
리를 실룩거리며 그 십 수 단 되는 돌계단을 올라와
조쳇 천의 치파오(旗袍) 옷깃이 살랑살랑 나풀거리는
모습을 환상으로 보았다. 그리고 이번엔 그 날) 슌잉
(舜英) 이 뜬금없이 나에게 옷을 한 벌 주겠다고 하던
것을 떠올렸다. ……그리고 내 구두가 상당히 낡았다
는 것도 생각이 났다. 그리고 ‐ 그 제3부인의 구두 소
리를 듣고 대충3시가 지났다는 것을 알았다. 그녀는
꼭 이 시간에 돌아오기 때문이다. (10월9일)

　여기에서 자오휘밍(趙惠明)의 의식은 시각과 청각
으로 연상을 하여 추이하고 있는 것을 일목요연하게
알 수 있다. 청각이 연상을 불러일으킨 후반은, 하이

힐 소리 → 제3부인의 치파오 옷깃 → 슌잉(舜英)이 옷을 주겠다고 했다(進呈) → 옷거리 → 낡은 구두 → 구두 소리로부터 시간을 추정, 라는 식으로 자오휘밍(趙惠明)의 연상은 청각을 기점으로 유동시킨다. 그녀의 심리의 움직임은 유연하다. 그러나 쉽게 알 수 있는 일이지만, 그 의식의 추이는 의식 그 자체를 아무 단서도 없이 죽 써 늘어놓은 것이 아니라 추이의 계기에 대한 단서를 포함하고 있다. 즉 「『밤눈(夜目)』이 밝아 『투시술』이라도 얻은 사람처럼(무슨 무슨) 환상으로 보았다」라고 하는 부분이나, 「나는(무슨 무슨 일까지) 떠올렸다」라고 하는 부분은 그녀가 어떻게 그렇게 의식했는지에 대한 설명적 부분인 것이다. 구두 소리로부터 몇 시인지 알 수 있는 것은 그 부인이 언제나 그 시간에 돌아오기 때문이라고 하는 것도 분명 설명인 것이다. 그 설명 부분을 빼고 (a)의 후반을 재구성하면 다음과 같이 된다.

　　(a) 다행히, 같은 저택 안에 사는 장교의 제3부인

이 밤놀이(夜遊)를 마치고 돌아왔다. 저택 안에 또각 또각 하이힐 소리가 울려퍼진다. ……1그 제3부인이 허리를 실룩거리며 그 십 수 단 되는 돌계단을 올라 온다. 조쳇 천의 치파오(旗袍) 옷깃이 살랑살랑 나풀 거린다. 그 날 슌잉(舜英)이 뜬금없이 나에게 옷을 한 벌 주겠다고 했었지. 3내 구두가 상당히 낡아 버렸군. 43시가 조금 지났구나.

　……我好像有"夜眼"，　而且有"透視術"，我入幻似的 見(1)。於是我又想到(2)……而且我又想到(3)。而且— 我從那位三夫人的皮鞋聲中，　出了(4)；因為她照例是這 時回來。[(　)안 의 숫자는 앞에 쓴 밑줄 부분의 숫자 와 대응한다]

　설명 부분을 뺀 (a)는 정말 「의식의 흐름」 소설의 내적 독백 그 자체이다. 그러나 마오둔은 그런 식으 로 묘사하지 않고 의식의 추이를 설명하는 것이다. 의식을 추이하는 상태 그대로 그리려고 했다는 점에 서 마오둔은 심리소설의 중국적 전개를 시험했다고 할 수 있는데 설명적 부분에 작자(『부식(腐蝕)』에서는 일기를 쓴 사람)가 개입하고 있다는 점에서 그 시험적 노력은 심리묘사로써는 일종의 한계를 느끼게 하는 선에서 끝나고 있다. 단『부식(腐蝕)』의 심리묘사의 질을 따질 경우, 항상 중국의 현실의 토탈(전체상)을 담아내고자 노력한 마오둔 소설의 방법을 빼고는 풀어 낼 수 없다. 그의 방법으로 보자면 인간의 심리(내적 현실)조차 전체적인 현실의 한 구성요소에 지나지 않으며, 끊임없이 상황의 침입에 노출되어 있는 것이라 생각되기 때문이다.

(2)『부식(腐蝕)』의 문체와 작품구성

자오휘밍(趙惠明)이 특무기관이라고 하는 그 자체로 폐쇄적인 집단에 속하는것, 게다가 그녀의「일기」라는 것으로부터,『부식(腐蝕)』에 담긴 현실 즉 자오휘밍(趙惠明)의 현실 인식의 시야의 한계는 어느 정도 예상할 수 있는 것인데,『부식(腐蝕)』에 주입된 외적

현실은 의외로 다양하게 드러난다. 충칭(重慶) 정권하의 국민당 특무기관 내에 꿈틀거리는 인간상은 차치하더라도, 암거래 물자(闇物資)의 횡류(橫流), 상품의 사재기, 밀수에 광분(狂奔)하는 사람들, 신문기자, 학생, 상점 주인, 장교 부인, 집주인 부인 등이 등장하는 것을 볼 수 있으며, 동시에 이야기가 전개되는 충칭(重慶) 시가지와 강 건너(対岸)의 야경도 그려내고 있다.

국민당이 공산군섬멸(殲滅)을 노린「쑤베이사건(蘇北事件)」과「완난사건(皖南事件)」을 시야에 넣은 것은 그야말로 1940년대 초기의 시대 상황을 정교하고 재빠르게 작품화 한 것이라 말할 수 있겠다. 마오둔의 작품에는 그 시대의 역사적 사실을 소설(픽션) 안의 상황을 형성하는 정보의 일부로 구성하는 일종의 무원칙성(無原則性)이 보여진다.『자야(子夜)』에서도 우순푸(吳蓀甫)라고 하는 가공의 일민족자본가의 야심과 좌절을 그리면서 역사적 사실로서의 공산군의 동향이 허룽(賀龍), 펑더화이(彭德懷), 팡쯔민(方志敏), 주(朱)(더(德)),마오(毛)(쩌둥(沢東)) 등의 이름과 함께 하나의 정보

로 포함되어 있다. 이「무원칙성」은 일반론적으로
보면 소설의 허구성을 붕괴 할 수 밖에 없는 것이지
만 그의 작품의 상황 속에서 이들「사실」은 오히려
픽션을 활성화 시키는 역할을 하고 있다. 이 허와 실
을 혼합한 융합적 상황은 그의 작품에 있어서 상황
을 형성하는 주관과 객관의 융합이라는 점에서 과거
를 거스르며 고찰되어야 하는 것이며, 마오둔 작품
의 허구성의 핵심은 아마도 거기에 있는 것이다.[109]
한편『부식(腐蝕)』에 등장하는 상황들은 일기를 쓰는
사람의 행동에는 자연히 한계가 따르기 때문에 필연
적으로 타인의 입이나 소문을 통해서 간접적으로 이
야기하고 있는 경우가 많다. 외적인 상황을 연관시
키는 그러한 인물은 일기 전반에 어떻게 등장하는
것인가? 인물의 등장에 대해서 말하자면, 그는 다른
장편소설에서3인칭 전지적 시점으로부터 착종(錯綜)

---

109 배론(排論)「중국 근대 소설의 구조와 문체─마오둔 소설 작
품의 상황 형성에 대하여─」(오이타대학 경제론집 제31권 제
5호, 1979년12월).

한 인물을 교묘하게 등장시키고 있는데 시점을1인
칭인「나」로 바꾼『부식(腐蝕)』에서는 어떻게 이야기
하고 있는가?

(b1) 막 나가려고 하는 참에 갑자기「손님입니다」
라고 한다. 누구지? 내 집을 찾아낸 이는? (줄 바꿈) 집
주인 부인의 띵띵하게 불은 몸 너머로 바짝 여위고
한껏 멋을 낸 얼굴이 등장해 한 순간 어안이 벙벙했
다. (9월22일)

저녁에 수면제를 먹으려고 했을 때 갑자기 슌잉(舜
英)이 또 찾아왔다. 못내 방에 들였지만 어떻게 빨리
돌려 보낼까 고민했다. (10월2일)

계획대로 진행하려고 마음을 먹었을 때 예상치도
못하게F가 찾아왔다. 「환영」해 맞이하는 수 밖에 없
다. (10월24일)

(b2) R이 할 이야기가 있다면서 날 불러냈다. (10월2일)

하루 반나절을 들여 겨우K를 찾아냈다. 그는 갈래
길을 언덕 쪽으로 막 올라가려던 참이었는데 마침

만난 김에 불러 세웠다. (11월30일)

그녀가 있는 장소에 다른 인물이 등장한다(b1), 그녀가 장소를 이동하고 다른 인물을 만난(b2), 양쪽 모두에서 인물의 등장은 자오휘밍(趙惠明)의 출렁이는 동적 의식에 등장하는 것이 아니라 정적인 상황에 등장한다. 일기를 쓰는 자오휘밍(趙惠明)의 의식과는 관계 없이, 「갑자기」 등장하거나 맞닥뜨리는 것이다. 일기를 적고 있는 동안은 의식 안에 내적 시간이라고 말할 수 있는 시간이 흐르고 있을것이고 인물의 등장도 보통은 오늘 누군가를만 난다, 누가 온다, 라고 하는 식의 어투를 통해 회상으로 쓰이고 있다. 『부식(腐蝕)』에서 인물의 등장은 대부분의 경우에 그 내적 시간을 한 순간 두절시키는 형식을 취하고 있다. 그리고 인물이 등장하면서 그 인물의 행위가 정확하게 묘사되며, 자오휘밍(趙惠明)의 의식과는 독립된 형태로 상황이 설명된다. 예를 들면 (b2)에 등장하는 K에 대해서, (c)K는갑자기 멈춰서 반신반의한 모습으로 슬쩍 나를 쳐다보았지만 금새 성큼성큼 걷기 시작하더니 가파른 언덕을 한숨에 올라 자링강(嘉陵江)이 내려다 보이는 곳에 섰다고 K의 행위가 설명적으로 쓰여 있다. 인물의 등장과 그에 따른 상황의 형성은 일기를 쓰는 자오휘밍(趙惠明)의 의식과는 관계 없이, 의식의 밖에 독립하여 존재하는 것으로, 말하자면 억지로 일기 안에 각인 되는 것이다. 내적 시간을 외적인 상황이 끊어 버리고 있는 것이다. 이 점은 시점을 일인칭으로 바꾼 경우에도 마오둔은 삼인칭 전지의 시점에서 소설의 방법을 답습하고 있다는 것을 나타내고 있다. 마오둔의 장편소설 8편 중(집필순서대로 나열하면 『식(蝕)』『홍(虹)』『자야(子夜)』『제일계단적고사(第一階段的故事)』『부식(腐蝕)』『무엽홍사이월화(霧葉紅似二月花)』『주상강위(走上崗位)』『단련(鍛鍊)』), 일인칭 시점을 취한 것은 『부식(腐蝕)』뿐이며 나머지 7편은 모두 대략 삼인칭 전지의 시점, 즉 작자는 등장하지 않고 작중 인물과 등거리를 유지하며 어떤 인물의 행위·심리까지도 그 모든 것을 알고 있다는 시점으로 쓰여져 있다. 그리고 각 편에 공통적인 소설의 방법은 상황 형성, 인물의 등장, 플롯에 관해, (1) 감각의 투사와 행위의 연사에 의해 구성되는 장경(상황), (2) 착종(錯綜)한 인물의 정교한 등장, (3) 플롯의 완만한 점층법(漸層法)적 해명, 이라는 특징을 갖추고 있다. (1)은 등장한 인물이 시각과 청각을 사용하며(무언가를 보거나 들으며) 행위를 쌓아감으로써 어떤 상황의 틀이 만들어져 가는 것을 가리키며, 마오둔 문법의 근간을 이루는 것이다.

(d) (후궈광(胡国光)은) 앞문으로 들어오는 순간 쨍그랑하는 소리를 들었다. 그는 도자기나 다른 무언가를 깬 것이 틀림 없다고 생각했다. 또 진펑지에(金鳳姐)와 아내가 싸움을 시작한 것이라고 생각했다. 정문 뒤 빈 방 두 개를 지나 뛰어 들어가자 별안간에 안방에서 호통을 쳐대는 소리가 들렸다. (『식(蝕)』제2작 『동요(動搖)』)

마오둔의 방법 (1)을 선명하게 읽어낼 수 있는 『동

요(動搖)』의 모두(冒頭) 부분이다. 등장 인물의 의식을
묘사할 때, 「그는……것이 틀림 없다고 생각했다. 또,
……라고도 생각했다.」라는 식의 설명적 부분이 쓰
여 있다. 시점을 일인칭으로 전환하여 표현한 설명
부가 ⓐ의 그것이고, (a)(d)는 심리 묘사로서, 동질의
부분을 포함한다는 것을 알 수 있다. (2)의 인물이 등
장하는 방법은 사람들의 대화 속에 복선으로 어떤
인물의 이름을 내 보이거나, 사람 됨됨이를 화제로
삼는 등의 수법이 다용되는데, (1)과의 관련상 어떤
소리(예를 들면 구두 소리, 이야기 소리, 웃음 소리)를 듣거나 어
떤 인물의 눈에 비치는 형태로 등장시키는 경우도
많다. (3)은, (2)에서 인물이 복선을 깔고 등장하는
것과도 관련하며, 플롯이 복선을 풀어 나가며 조금
씩 해명되어 가는 것을 말한다. 전형적인 일례는『단
련(鍛鍊)』의 전반, 쑤신지아(蘇辛佳)의 체포 구류에 관한
플롯에 잘 드러난다. 이 소설은 잡답(雜踏)한 상하이
를 오스틴의 뒤를 쫓듯이 달리는 두 대의 인력거의
묘사로 시작된다. 인력거 손님 쑤즈페이(蘇子培)와 쑤

치우쯔(蘇求知)가 쑤신지아(蘇辛佳)가 구류된 곳을 애써 찾아다니다 돌아오는길이라는 것은 머지 않아 독자들에게 전달되는데 어떻게 체포된 것인지에 대해서는 제3장에서 처음으로 밝혀진다. 친구인 쑤신지아(蘇辛佳)를 면회하다가그 자리에서 구류되어 버린 옌지에시우(嚴潔修) 모친이 「쑤(蘇)씨는 어제 오후에 상병(傷兵) 병원에서 연설을 했다나 뭐라나 그러다가 잡혀버린 거예요」라고 이야기하면서 그 동안 애매한 상태로 덮이어 있던 플롯이 명백해 진다. 마오둔의 소설은 이(1)(2)(3)의 방법을 융합시켜 도시 공간에 꿈틀거리는 인간의 군상을 묘사한 점에서 주된 특색을 찾을 수 있다. 『부식(腐蝕)』은 그런 것들을어떻게 답습하고 있을까? 인물의 등장과 등장한 후의 행위에 대해서는 위에서언급하였다. 양쪽 모두에 있어 정적인 상황을 형성하고자 오휘밍(趙惠明)의 의식과는 관계 없이 외재(外在)하고 있다. 일인칭 시점을 바꾸고 나서 한 층 더, 객관적 삼인칭 전지의 시점을 느끼게 하는 부분이 있는 것은 그대로의 형태는아니라고 할

지라도 그의 소설 방법이 시점의 전환 레벨을 넘어 연속하는 부분을 갖는다는 것을 나타내고 있다. (1)(2)뿐 만 아니라, (3)의 복선을 사용하여 점차적으로 플롯을 쌓아나가는 유기적인 구축력도 그 편린을 『부식(腐蝕)』에서 찾아볼 수 있다. 그것을 자오휘밍(趙惠明)과 모친 사이의 굴레(絆)에 대해 묘사되는 부분에서 찾아본다면 먼저 말한 것처럼 모친의 이미지는 9월15일, 10월23일, 11월20일에 조금씩 나타나 있다. 그리고 11월26일, K와 부평초(萍)를 판 자책감을 떨어내버리려고 하는 와중에, 한 애처로운 회상이 묘사된다.

그때, 아무것도 거리낄 것이 없어지면서, 번쩍 깨달은 것 같은 느낌이 들었다. 그것은 마치 8, 9년 전, 어머니가 내 팔 안에서 숨을 거두셨을 때, 한바탕 소리없이 뜨거운 눈물을 흘리고 나니 평정을 되찾아, 다음날 집을 나오기로 마음먹고, 그 이래로 나와 집을 잇는 굴레가 아무것도 없어진 그 때와 같다.

　필자는 먼저 샤오자오(小昭)를 잃고 어머니와 일체
화 되는 자오휘밍(趙惠明)의 의식을 언급하며 어머니
와의 굴레를 자오휘밍(趙惠明)의 의식을 푸는 열쇠의
하나로 제시하고 있다. 여기에 와서 독자는 두 사람
사이의 굴레의 무게를, 그녀의 팔에 안겨 숨을 거두
는 어머니라고 하는 육체를 갖춘 것(화육(化肉)한것)으로
서, 그 일체감의 실질을 느낀다.　그리고 그 회상은
샤오자오(小昭)를 구하고 싶은 일심에 K와 부평초를
판다고 하는 의식의 분열이 극도에 치달아 초래된
것이다. 두 사람의 굴레를 둘러싼 플롯은, 기억 속
어머니의 모습 → 샤오자오(小昭)의 소실(죽음)로 인한
어머니와의 일체감 → K, 부평초를 판다고 하는 자
아의 분열이 초래한 어머니의 마지막 이라고 하는
식으로 점층법적으로 조립되어 있다.

　마오둔은 『부식(腐蝕)』에서 자오휘밍(趙惠明)의 형상
화를 명확하게 의도하여 삼인 칭전지의 시점에 의한
소설 방법을 채택했다. 의식을 적는 「일기」의 내적
시간이 중단되고, 유동하는 의식이 설명적 부분(설명

뷔)로 에워싸여 있는 것은 그의 방법이 시점의 레벨을 넘어 연속하고 있는 것에 기인한다고 볼 수 있다. 마오둔이 작품의 후반에서 「재생」의 부분을 가필한 것도 자오휘밍(趙惠明)의 형상화라고 하는 작자의 의도와, 그것을 위해 취한 서술의 방법이 있었기 때문일 것이다. 그가 후반을 가필한 것은 자오휘밍(趙惠明)에게 재생의 길을 주었으면 좋겠다고 생각하는 독자로부터의 요망과, 다음 연재물로 옮겨 가기에 합정본(合訂本)을 만들 여건이 안된다고 하는 편집상의 이유가 있었다고 전해지고 있다. 그러나 그러한 요구를 그가 받아들이게 된 근본적인 요인은 그 문체에서 찾아야 마땅할 것이다. 즉 자오휘밍(趙惠明)의 의식의 유동이 상황의 틀로부터 제멋대로 흘러넘쳐 자유롭게 움직이는 문체라면 한 번 붕괴된 휘밍(惠明)의 의식을 가필하는 것은 쉽지 않았을 테지만, 상황은 어디까지나 정적으로 형성되고, 전개된 상황 안에서 의식이 움직이는 표현의 양상 아래에서는 새로운 상황을 만들어내면 그걸로 족한 것이다. (상황 전개의 각도에서 이전의 「반전하는 의식」을 보자면 반전시킴으로써 어떤 상황 아래의 의식의 양상에 결말을 짓고 새로운 상황으로의 전개를 용이하게 하고 있는 측면이 있다고 말할 수 있다.) 『부식(腐蝕)』의 심리 묘사도 이 표현의 틀을 넘어서는 것은 아니며, 그것이 이 작품의 심리 묘사의 질을 결정하고 있다. 자오휘밍(趙惠明)의 「재생」이라고 하 는작품의 구조와 심리묘사의 질은 표현의 양상을 매개로 하여 미묘하게 관련하고 있다.

자오휘밍(趙惠明)의 「재생」은 작품의 표면적인 구조, 조립에 지나지 않는다. 『부식(腐蝕)』이 가져오는 감명의 장치는 작품의 심층 구조에서 찾아야 한다. 즉 자오휘밍(趙惠明)의 의식의 심층으로 독자를 유도해 가는 구조이다. 그것은 과연어떤 것인가? 「일기」 형식을 취한 『부식(腐蝕)』이지만, 시점은 일인칭으로 완전히 전환된 것은 아니고, 삼인칭 전지와 일인칭이 혼재되어 있으며, 작품 안의 시간도 일기를 쓰는 한 사람의 인간이 영위하는 개인적인 내적시간 속에 진행중인 외적인 시간, 회상속의 과거의 시간이 내재되어 있다. 시점의 혼재를 초래한 것은 정교하게 구성된 상황(場景)의 연쇄(시퀀스)를 근간으로 하는 마오둔 소설의 방법이었다. 시점을 혼재시켜 이종(異種)의 시간을 만들어내고, 주인공과 다른 등장 인물의 관계를 스토리로 조립해 내는 작품의 구성이 자오휘밍(趙惠明)의 의식의 억압과 그 억압으로부터의 해방이라고 하는 이중 대립을 부각시키고 있다. 이처럼 이중 대립의 구조가 독자를 자오휘밍(趙惠明)의 의식 심층까지 끌고 들어가는 것이다. 자오휘밍(趙惠明)의 자아 분열의 배후에 상실감과 「거꾸로 매달린」의식 이라고 하는 심층 의식의 영역이 있다는 것은 앞에서도 말했지만, 『부식(腐蝕)』에서는 그러한 심층 의식은 그 자체로써 노출되어 그려지고 있는 것은 아니다. 작품의 전체 구조를 통해 정신의 억압 상황이 묘사되며, 주인공의 의식의 심층에 포진되어 있는 것이다. 「일기」라는 순개인적인 활동에 스토리를 담아 내는 기교를 선보일 수 있었던 것은 시점을 혼재시켜 이종의 시간을 만들어 낼 수 있었기 때문 일 것이다.

6) 나가며

마오둔이 마오둔의 방법으로 심리 소설로의 자기 전개를 시도한 것이 『부식(腐蝕)』이다. 그것을 서구의 심리 소설의 범주에 끼워 맞춰 「(『부식(腐蝕)』의) 심리 묘사는 우리들이 개념으로 알고 있는, 19세기 이래 서구 문학의 기반이 된 〈심리묘사〉와는 그 간격이 큰 것으로 생각됩니다. 중국의 토지에 〈심리묘사〉를 옮겨 심으려고 한 마오둔의 노력은 성공하지 못했다고 말할 수 있지 않을까요?」[110]라고 하면서 성공 실패의 여부를 따지는 것은 그렇게 의미 있는 일이라고 생각하지 않는다. 왜냐하면 중국문학의 문학적 문맥 속에서 중국의 심리소설이 쓰이고, 마오둔의 문학적 문맥 안에서 마오둔의 심리소설이 쓰인다는 당연한 견지에 선다면 마오둔의 노력은 여러 면에서 선구적인 색채를 띠고 있다고 볼 수 있기 때문이다. 작품

---

110 중국문학회 「북두(北斗)」, 창간호(쇼와(昭和) 29년 10월 15일) 39쪽.

전체 구조를 통해 의식의 심층에 포진하려고 하는
방법의 근본에 자오휘밍(趙惠明)의 의식, 심층 의식을
남김 없이 그려내고 있기 때문이다. 『부식(腐蝕)』은
심리 소설의 깊은 가능성을 내재한 작품으로서 재평
가를 받아도 무방할 것이다.

08

번역언어와 시학

1) 중국시의 현재 — 베이다오(北島)를 둘러싸고

한국도 마찬가지겠지만, 중국도 '시 왕국'이라는 이름에 부끄럽지 않게 수많은 뛰어난 시인을 배출하고 있다. 현대 중국은 연이은 정치 운동에 농락되어 왔지만, 문화대혁명(1966년~1976년)이라는 미증유의 동란 속에서 참신한 감성과 강인한 정신을 지닌 한 무리의 시인들이 성장하고 있었다. 78년 12월 비밀리에 『오늘(今天)』이 창간되어 관제언어(官製言語)에 의한 집단역학에서 시적 언어를 해방시켜 언론통제에 익숙해진 습성, 의식에 대한 도전정신을 고양시켰다.

그 중심에 있던 것이 베이다오(1949년~)였다. 『오늘』
은 80년 9월 정간을 당하지만, 그 후 중국 동시대 시
에서 기성 시학의 해체와 재생의 움직임은 이 자그
만 잡지에서 시작되었다. 베이다오는 89년 '6.4'사건
(제2차 천안문사건) 이후 국외로 망명하여 2008년 홍콩대
학에서 일자리를 얻기까지 약 20년간 구미 각지를
떠돌았다. 90년 노르웨이 오슬로에서 『오늘』을 복간
시키고 현재까지 주편(主編)을 맡고 있다.

　베이다오의 시 세계에서는 깊은 사색의 내면에서
메타포로 이어지는 섬세한 후각이 포착한 이미지가
번뜩이며 나타나고 있다.

> 「자유　바람에 흩날리는/ 찢어진 휴지」
> 「소녀　떨리는 무지개가/ 하늘을 나는 새의 깃털 장
> 　　식을 모으다」
> 「운명　아이가 멋대로 난간을 치고 / 난간은 멋대로
> 　　밤의 고요함 깨우고 있다」
>
> （「태양의 도시 노트」에서）

그리고 참신한 리리시즘과 함께 강인한 메시지성도
함께 가진다.

> 「잠들어라 골짜기야/잠들어라 바람이여/골짜기는
> 푸른 안개 속에/바람은 우리의 손바닥 안에」
>
> (「잠들어라 골짜기야」에서)
>
> 「조용한 지평선이/산 자와 죽은 자와를 나눈다/나
> 는 하늘을 선택할 뿐/결코 땅에 무릎 꿇지 않는다/그
> 래서 분명히 해두겠다, 살육자들의 건방짐을/그 자
> 유의 바람을 가볍게 차단하는 것을」
>
> (「선고-위뤄커(遇羅克)에 바친다」에서)

　시원한 리리시즘을 낳는 유연한 감성과 집단역학
의 속박을 풀려는 강인한 의지가 이 시인에게 불가
분의 관계로 있는 것은 그가 그리고 동시대의 청년
들이 지내온 가혹한 현실을 생각하면 납득 할 수 있
을 것이다. 그가 「선고(宣告)」, 「끝 또는 시작(終わりまた
は始まり)」이라는 2편의 시를 바쳤던 위뤄커(遇羅克)(여성

작가 위뤄찐(遇羅錦)의 오빠)는 문화대혁명 당시 찬양되었던 '혈통론'(출신가정의 계급에 의한 차별화)을 비판한 평론을 발표한 것만으로 1970년 반혁명의 오명을 입고 총살되었다. 문화대혁명이라는 거대한 파괴 장치를 어떻게 인식하고 대처해야 하는지 베이다오는 자신의 감성과 생각을 섬세하게 가다듬는 방식을 통하여 모든 가치의 부정과 전통문화와의 단절이라는 새로운 해석 시스템을 스스로 키우게 된다. 그리고 허무, 하지만 강인하게 다져진 허무가 그의 시의 자장을 형성하게 된다.

1989년 '6. 4'사건은 기본적인 인권과 사상·표현의 자유, 민주제도에 대한 소망을 무력으로 진압한 비극이며, 이 사건의 전후로 많은 작가, 시인이 해외로 망명, 이주라는 생존 상황에 놓이게 된다. 기타지마도 그 한사람이었다. 조국을 떠나 경계를 넘어 시작(詩作)을 한다는 것은 그에게 무엇을 초래하였는가? 한 인터뷰에서 "오랫동안 해외에 있는 것은 오히려 모국어와의 관계를 보다 돈독하게 만든다. 왜냐하면

작가에게 모국어가 유일한 현실이 되기 때문"이라
고 말하고 있다. 망명 후의 시는 이국땅에서의 고뇌
를 담아내며 극도의 해방감을 나타내고 있다.

'또 다른 세상에서/나는 화석/너는 정처없는 바람'

(「기억으로」에서)

'꿈속에서 화약을 받은 사람이/상처의 소금도/
신들의 목소리도 받는다/남겨진 것은 영원한
이별/영별의 눈이/밤하늘에 반짝인다'

(「이 때」 제2연)

모든 것을 손에 넣었다고 생각하는 이 시대의 사
람들에게 남겨진 것은 영원한 이별뿐이라고 읊조리
는 마지막 두 구 '반짝이는 눈(煌めく雪)'은 지상에 내
린다기보다는 밤하늘에 흩어져 우주의 어둠 속에 녹
아 들어가는 것이다. 베이다오의 시 언어는 망명 중
에 결정도(結晶度)를 높이게 되었다. 다만 해외로 이주
또는 망명한 시인들 중에는 비참한 운명을 걸었던

사람도 있었다. 꾸청(顧城)은 뉴질랜드 오클랜드 앞바다에 떠있는 와이헤케(Waiheke)섬에서 스스로 목숨을 끊었고, '6. 4'사건 이후 파리로 도피한 류웨이궈(老木)는 정신에 이상이 와서 수감된 것으로 알려지고 있다. 월경한 중국 문학은 영광과 고난의 순례 길을 걸었다. 그 순례는 베이다오라는 한 마리의 불사조를 보내 주었다고 할 수 있다.

2) 시 번역의 가능성 ― 번역 언어와 시학

시 번역의 가능성은 언어학적 측면과 철학적 측면 양쪽에서 탐구된다. 언어학적으로는 시의 메타포와 운율을 동일하게 옮길 것인지가 과제가 된다. 철학적으로 시 번역은 번역된 언어에 의한 시어의 생성이라는 창조적인 요소를 포함한다고 생각하면 원래 번역이라는 차원과는 다른 행위인 것은 아닐까, 번역은 성립되지 않는 것은 아닐까라는 과제이다.

언어학적 과제 중 운율에 관해서는 보격(meter)과

압운(rhyme) 등의 원시의 운율을 그대로 번역으로 재현하는 것은 불가능하여, 번역하는 측의 언어 운율로 대체할 방안이 필요하다. 현대시는 구어 자유시가 주류이고, 고전의 엄격한 시율, 정형 운율에서 시인 각자의 내적인 운율로 변모하였다. 번역에서는 역자의 내재적 자유율이 시도된다. 인류의 언어는 순차적인 양식을 갖추고 있어서 시간 축 위에서 연속적으로 일어난다. 시적 언어의 경우는 산문 언어와 달리 연속성이라는 두터운 지층 위에 다른 요인이 작용하여 로만 야콥슨이 말하듯이 메타포의 등가성이 서열 구성상 상상 단계까지 증가된다. 번역어의 선택도 역자의 상상력과 언어 그 자체가 시도된다.

번역은 원작에서 유래한다. "번역은 그것이 아무리 뛰어난 것일지라도 원작에게 무언가를 결코 의미할 수는 없다는 것은 분명하다. 그럼에도 불구하고 번역은 원작과 번역 가능성에 따라서 밀접한 관련 속에 놓여 있다."(발터 벤야민 「번역자의 사명」). 벤야민이 여기서 말하는 '번역 가능성'은 그가 상정하는 '순수 언어'를 지향하는 한에서의 '가능성'이기 때문에 그가 예술 작품에 요구하는 보다 높은 차원의 것들에 대한 희구가 원작, 번역 양측에 있다는 것이 전제가 된다. 그것이 있으므로 '밀접한 관련'을 맺으며 고차원의 '순수 언어'를 희구한다는 점에서 언어 치환이 이루어진다. 번역은 이질적인 언어의 내부에 속박되어 있는 그 순수 언어를 언어 치환을 통하여 스스로의 언어 속에서 구제하는 즉 속박에서 해방하는 것이며, 고차원적인 지향성을 지닌 작품은 본래 언어 치환을 가능하게 하는 '번역 가능성'을 갖추고 있는 것이라 말한다.

'순수 언어'는 '모든 언어의 생성 속에서 자신을 표현하고, 그뿐만이 아니라 스스로를 만들어 내려고 (복원하려고) 하는 것'이며, '이질적인 언어의 내부에 속박되어 있는 순수 언어를 자신의 언어 속에서 구제하는 것, 작품 속에 갇혀있는 것을 언어 치환(개작) 속에서 해방하는 것이 번역자의 사명임에 틀림없다'

262

고 말한다. '순수 언어'가 언어의 원초적 발생에서
메타언어로의 끝없는 확장 속에서 어떻게 수렴되는
지 그 개념에 불분명한 점이 있다는 것은 부정할 수
없다. 번역이라는 실제 행위가 '순수 언어'와 어떻게
관계하는가는 시어의 선택과 결합, 내재율 등의 보
다 세분화된 분석이 필요할 것이다. 본래 시는 명멸
하는 의식의 흔들림 속에서 이미지가 나타나 사유와
관능과의 합체가 명료한 음절이 돼서 시어가 된다.
그 원시의 상상력과 상대하는 번역자에게 라이벌로
서 나타나는 상상력이 수반되지 않으면, 시 번역은
성립되지 않는다. 즉 그래야만 시 번역이 성립된다.
그 과정 어딘가에서 '순수 언어'에의 문이 열릴 것이
지만, 그러기 위해서는 우선 시 번역 그리고 시작(詩
作) 그 자체에 스스로를 참여시킬 필요가 있다. 앙리
메쇼닉이 말했듯이 '〈글쓰기〉의 인식은 〈글쓰기〉에
서 밖에 될 수 없다', '이론은 구체적인 실천에서 밖
에 생기지 않는다'(『시학 비판-시 인식을 위하여』)는 것이다.
　야콥슨의 시학을 베이다오의 시편을 예로 들며

분석해 보자.

중국 원시	일본어 번역시
아이들 조그마한 모래 둔덕 쌓아 올리는데 바닷물이 에워싸더니 마치 화원처럼 고요하게 뒤흔드는데 달빛으로 쓰인 대련은 저 하늘가로 펼쳐져 있네	아이들이 작은 모래 산을 만들고 바닷물이 에워싼다 화환처럼 시원하게 흔들리고 달빛의 조련(弔聯)이 땅 끝에 걸려 있다

이 연은 모래 산을 둘러싼 해수에서 연상된 화환, 달빛의 조련이라고 선택된 메타포가 연쇄하여 시구를 구성하고 있다. 야콥슨은 '시적 기능은 등가의 원리를 선택 축에서 결합 축으로 투영한다'(「언어학과 시학」)고 해석하고 공식화하였다. 분명히 여기서는 연상되고 선택된 메타포의 등가성이 결합축으로 시구의 구성, 결합으로 투영되어 기능하고 있다.

에필로그

2010년부터 2017년까지, 8년간에 걸쳐 리츠메이칸 아시아태평양대학(이하 APU)의 총장을 맡아온 고레나가 슌(是永駿) 교수가 작년 12월 31일에 임기 만료로 총장을 퇴임했다. 고레나가 교수는 필자가 소개하지 않더라도 일본 내 중국문학 연구의 제1인자로 잘 알려진 인물이다. 특히 마오둔(Mao Dun)등의 현대 소설과 베이다오(Bei Dao), 망케(Mang Ke) 등의 중국 현대시 분야에서는 고레나가 교수 연구를 넘을 자가 없을 정도로 익히 알려져 있다. 해마다 일본 "아사히신문"과 "마이니치신문" 등이 노벨 문학상 후보자로서 중국의 베이다오 작가가 수상할 것으로 예상하고 관련 기사를 게재하기 위해서 고레나가 교수에게 원고를 부탁해 올 정도이다.

고레나가 교수가 총장으로 재임하면서 APU는 일본사회의 글로벌화를 견인하는 대학에게 사업 자금을 집중적으로 배분하는 문부 과학성의 "슈퍼 글로벌대학 창성지원사업"에 채택되었다. 또한 일본 국내에서는 3번째로 매니지먼트 교육의 국제인증 "AACSB"를 취득했다. 더욱이 영국의 고등교육 전문지인 "타임즈 하이어 에듀케이션(Times Higher Education, THE)"을 운영하는 TES Global에 의한 "THE 세계대학 랭킹 일본판 2017"의 국제 분야에서 APU는 일본 1위를 차지했다. 또한 영국의 글로벌 고등교육 평가기관인 쿠아쿠아레리 시몬스사(Quacquarelli Symonds, 이하, QS)의 아시아 대학 400개교 이상을 대상으로 한 "QS 세계대학 랭킹 2018 : 아시아 지역편"에 서 APU는 평가 지표의 "International Faculty(국외 교원비율)" 및 "International Students(유학생 비율)"의 2개 항목에 있어서 100점 만점 중 100점을 획득했다. 두 항목 모두 100점을 획득한 대학은 아시아에서는 APU를 포함하여 8개 대학 뿐이다. 그리고 QS는 2017년 11월 경영학 석사와 관련된 대학 랭킹 2018년도판 "Global MBA Ranking 2018"을 발표했는데, APU의 경영관리연구과가 아시아 및 오스트레일리아, 뉴질랜드 지역에서 톱 30에 입성했다. 일본에서 이 지역의 톱 30에 오른 대학은 APU를 포함하여 4개 대학 밖에 없다. 또한 일본에 있는 전국 대학을 다양한 관점에서 평가하고 있는 "[AERA 진학 MOOK] 대학 랭킹 2018년판(아사히신문 출판)"이 발표되었는데, APU는 "외국인 유학생 학부 총수"와 "외국인 유학생 학부 비율"의 국제 분야에서 일본 1위를 차지했다. 이처럼 고레나가 총장은 APU가 세계 수준의 대학으로 발돋움하는데 지대한 공헌을 했다. 필자는 고레나가 총장 재임 중에 학생처장을 6년간 역임한 후, 현재는 APU 부총장으로서 대학 운영의 일익을 담당하고 있는데, 솔직히 말해서 평상시는 대학 행정관련 일이 중심이 되어 고레나가 교수의 연구자로서 모습을 엿 볼 기회가 별로 없었던 것이 사실이다. 그러던 어

느 날 오사카대학에서 고레나가 교수에게 수여된 박
사학위 논문 "마오둔(茅盾)소설론-환상과 현실-"(규코서
원, 2012년)을 증정 받았다. 지금까지 부분적으로는 알
고 있었지만, 이 책을 통해서 고레나가 교수의 문학
적 재능과 연구가 아주 뛰어나다는 것을 새삼스레
알게 되었다.

  고레나가 교수의 저서에 실린 논문은 모두가 매
력적이고 내용적으로도 훌륭하다. 그 중에서도 특히
마오둔이 일본 교토의 망명시대에 집필했다고 추측
되는 "무지개(虹)"의 논고에 흥미를 느꼈다. 마오둔
과 같이 동거했던 것으로 보이는 친더쥔(秦德君)은 필
자의 입장에서 보면 정말 불운의 여성으로 보였다.
"무지개"의 저작 모델, 그것도 대필에 가까운 형태
로 태어난 작품인데, 마오둔이 그녀에 대해서 한마
디도 언급이 없는 것은 무슨 이유에서일까? 그녀는
진정으로 마오둔을 사랑한 것처럼 비쳐지는데, 마오
둔의 경우는 어떠했을까? 그렇지 않으면 피치 못할
정치적 이유로 그녀에 대한 사랑을 일부러 숨길 수

밖에 없었는지, 고레나가 교수의 저서를 읽어 내려 가면서 다양한 의문이 솟구침과 동시에, 그의 저서 를 통하여 중국문학의 매력에 점점 빨려 들어가는 느낌이었다.

이처럼 고레나가 교수의 논문에 매료되어 한국의 학회지와 도서논집에 투고를 부탁했는데, 총장직의 격무에도 흔쾌히 옥고를 기고해 주었다. 본서에 수 록된 논문은 최근 몇 년 동안, 고레나가 교수가 한국 의 학회지와 도서의 논집에 게재한 것과 학회의 기 조강연 원고를 발췌해서 정리한 것이다. 본서에 게 재된 논문을 통해 일본에 있어서 마오둔 연구의 최 신 동향을 알 수 있을 것이다. 특히 "동거녀 친더쥔 탐방록"은 마오둔의 일본 망명 시대의 실제 생활과 "무지개(虹)"작품의 진상을 이해하는데 귀중한 자료 라 할 수 있을 것이다. 이와 동시에 본서는 동아시아 의 소설과 시적 언어를 이해하는데 귀중한 논고라 생각되며 독자 여러분에게 본서를 추천하는 바이 다.

본서를 간행하는데 많은 분들의 도움이 있었다. 특히 맹우인 동의대학교 중앙도서관장(전 인문대학장) 이경규 교수로부터 출판사 소개 등 많은 도움을 받았다. 일본어 논문의 한국어 번역에는 대진대학교 박희영 교수와 APU의 정종희 교수의 큰 도움이 있었고, 편집에는 한국일본근대학회 사무국 이행화 선생님께서 많은 수고를 해주었다. 또한 2014년 인천 아시아경기대회 조직위원회 권경상 사무총장, 김대식 여의도연구원장(전 국민권익위원회 부위원장), KOTFA 신중목 회장(전 한국관광협회중앙회 회장) 등께서도 많은 성원을 해주었다. 도움을 주신 모든 분들께 머리 숙여 감사의 말을 전하는 바이다. 그리고 출판계의 어려운 상황에도 불구하고 흔쾌히 출판을 허락해주신 박문사 윤석현 사장께도 감사의 말을 전하고 싶다.

마지막으로 고레나가 총장과 만난 인연으로 본서 출판을 기획할 수 있는 기회를 얻은 것은 필자에게도 크나큰 영광이자 기쁨으로 생각하며 진심으로 감사를 드린다. 고레나가 총장의 끊임없는 활약과 건

승을 기원하면서 본서 기획자로서의 인사말을 대신
하고자 한다.

2018년 새해 아침
리츠메이칸 아시아태평양대학
부총장 김찬회

동아시아의 문학코드

참고문헌

蘭明 編訳(2004)『李箱詩集』花神社

劉紹銘 編訳(1979)『中国現代小説史』友聯出版社

茅盾(1930)『西洋文学通論』上海世界書局

茅盾(1981)『我走過的道路(上)』人民文学出版社

茅盾(1983)「抗戦前夕的文学活動」『新文学資料』第3期

茅盾(1984)『我走過的道路』人民文学出版社

武田泰淳(1939)「臧克家と卞之琳」『中国文学』月報 第56号, 中
　　　国文学研究会

武田泰淳 訳(1940)『虹』『現代支那文学全集』第3巻, 東成社

北島 著, 山本恭子 訳(1995)「翻訳文体：ひそやかな革命」『野
　　　草』第56号, 中国文芸研究会

北島 著, 是永駿 編訳(1986)『北島詩選』新世紀出版社

北島 著, 是永駿 編訳(1988)『北島詩集』土曜美術社

北島 著, 是永駿 編訳(1990)『芒克詩集』書肆山田

北島 著, 是永駿 編訳(2009)『北島詩集』書肆山田

北島 著, 是永駿 編訳(2009)「日本の読者へ」『北島詩集』書肆
　　山田

茆謀成・厦門(1991)『国民党新軍閥史略』大学出版社

邵伯周(1979)『茅盾的文学道路』長江文芸出版社

孫中田(1980)『論茅盾的生活与創作』百花文芸出版社

是永駿 訳 (2000)『戈麦詩集』書肆山田

是永駿(1996)「現代詩の生成」『現代中国詩集』思潮社

是永駿(1988)「京都高原町調査」(1), (2)『茅盾研究会会報』第
　　6号, 第7号

是永駿(1988)「秦徳君手記：桜蠶」『野草』第41号, 中国文芸研
　　究会

是永駿(1985)「『動揺』論」『野草』第36号, 中国文芸研究会

沈衛威(1990)「一位曾給茅盾的生活与創作以很大影響的女性(1)：
　　秦徳君対話録」『許昌師専学報』社会科学版. 第2期

楽黛雲(1983)「『批評方法与中国現代小説研討会』述評」『読書』
　　4月号

葉子銘(1978)『論茅盾四十年的文学道路』上海文芸出版社

呉福輝(1984)「茅盾研究新起点的標識：評四本論述茅盾文学
　　歴程的専著」『文学評論』第2期

呉福輝(1996)「白楊樹下的月季小院」『収穫』

林水福・是永駿 編, 是永駿・上田哲二 訳(2002)『台湾現代詩集』

国書刊行会

林林 訳(1983)『日本古典俳句選』湖南人民出版社

荘鍾慶(1982)『茅盾的創作歷程』人民文学出版社

財部鳥子, 是永駿, 浅見洋二 編訳(1996)『現代中国詩集』思潮社

宇野木洋・松浦恒雄 編(2003)『中国20世紀文学を学ぶ人のた
めに』世界思想社

瘂弦(1961)『瘂弦詩集』洪範書店

丁爾綱(1995)『茅盾 孔德沚』中国青年出版社

丁爾綱(1995)「『霜葉紅似二月花』とその続編について」『野草』
第55号, 中国文芸研究会

秋吉久紀夫 訳(1992)『卞之琳詩集』土曜美術社

村上春樹(1994)『やがてかなしき外国語』講談社

太田進(1976)「茅盾の『第一階段の物語』試論」『野草』第18号,
中国文芸研究会

丸山昇(1976)『ある中国特派員 : 山上正義と魯迅』中公新書

ロマーン・ヤコブソン 著, 川本茂雄 監修訳(1973)『一般言語
学』みすず書房

David Der-wei Wang(1922)『Fictional Realism in 20th-
Centurychina』Columbia University Press

찾아보기

(ㄱ)

가오칭치우(高青邱) / 167
가와바타 야스나리(川端康成)
  / 106, 108
각운(脚韻) / 37
개조(改造) / 89, 93, 95, 97, 98,
  106, 108
게마이(戈麥) / 17
결혼관 / 78
계계파(桂系派) / 155, 157
계관(桂冠) / 15
고전문학 / 145, 164, 167
고전시가 / 11
관제언어(官製言語) / 14, 15, 255
광저우(広州) / 147, 155, 156
구엽파(九葉派) / 8, 13, 43

구이린(桂林) / 146, 147
구이칭(桂卿) / 199, 200, 201
국민당 / 8, 15, 50, 90, 111, 147,
  153, 154, 155, 156, 157, 158,
  159, 167, 171, 173, 174, 176,
  188, 201, 214, 228, 240
기타조노 가쓰에(北園克衛) / 40
기호화 / 34
김지하(金芝河) / 46

(ㄴ)

난민수용소 / 184, 189, 196
난징(南京) / 57
남녀평등 / 57
남조양(南朝梁) / 165
낭만파 / 80, 83

네이황푸(内黃浦) / 184
농촌삼부작(農村三部作) / 205, 209, 218, 225

(ㄷ)

다이렌(大連) / 40
다케다 다이준(武田泰淳) / 23, 81
다키구치 다케시(滝口武士) / 40
단련(鍛鍊) / 179, 180, 181, 187, 188, 189, 190, 193, 194, 195, 199, 201, 203, 244, 246
단발 / 57, 120
대구(対句) / 33
덩옌다(鄧演達) / 61
덩중샤(鄧中夏) / 57
두무(杜牧) / 170
두운(頭韻) / 37
두푸(杜甫) / 165
등가성(equivalency) / 19, 27, 28, 32, 34, 261, 264
따이왕슈(戴望舒) / 13, 14

(ㄹ)

라오서(老舍) / 8

라오통바오(老通宝) / 220, 226
량링시엔(梁令嫻) / 165
로만 야콥슨(Roman Jakobson) / 32, 33, 34, 261
루런샨(陸仁山) / 184
루산(廬山) / 50, 131
루쉰(魯迅) / 8, 11
루안멍치엔(阮孟謙) / 193
루안종핑(阮仲平) / 179, 182, 183, 184, 189, 192, 194, 195, 202, 203
루안지에슈(阮潔修) / 184, 196
루안지쩐(阮季真) / 184
루오치우쯔(羅求知) / 190, 191, 199
류링시엔(劉令嫻) / 165
류웨이귀(老木) / 260
리다자오(李大釗) / 57
리안종다이(梁宗岱) / 13
리우샹(劉湘) / 76
리우위춘 / 66, 67, 68, 70, 70, 73, 74
리종렌(李宗仁) / 157
리진파(李金发) / 13
리하(李賀) / 33
린린(林林) / 29
린샤오지에(林小姐) / 219

린용칭(林永淸) / 202, 203
린티란(林惕然) / 184

(ㅁ)

마루야마 노보루(丸山昇) / 95
마오둔(茅盾) / 7, 8, 11, 49, 50,
  51, 52, 53, 54, 55, 56, 57, 60, 61,
  62, 63, 64, 66, 67, 68, 69, 70, 75,
  76, 77, 78, 79, 80, 81, 82, 83, 84,
  85, 86, 87, 88, 89, 90, 92, 93, 94,
  95, 98, 99, 101, 105, 108, 109,
  110, 111, 112, 113, 114, 115,
  116, 117, 118, 119, 121, 122,
  123, 124, 125, 126, 127, 128,
  129, 130, 131, 132, 139, 140,
  141, 142, 144, 145, 146, 147,
  148, 151, 152, 154, 158, 158,
  162, 166, 167, 171, 172, 173,
  177, 179, 180, 186, 187, 194,
  195, 196, 202, 203, 205, 206,
  211, 214, 216, 217, 219, 223,
  224, 225, 227, 231, 234, 235,
  238, 239, 240, 241, 244, 244,
  245, 247, 249, 250, 252, 253,
  265, 268, 269
마키무라 고(槙村浩) / 47
말라르메(MALLARMÉ) / 13, 21

망케(芒克) / 17, 35, 265
매주평론(每周評論) / 72
멍잉(夢英) / 184, 185, 195, 196, 197,
  198, 199, 200
메이항수(梅行素) / 234
메타언어 / 263
메타포 / 175, 256, 260, 261, 264
모더니즘 / 7, 8, 9, 10, 12, 13, 14,
  40, 41, 42, 43
무라카미 하루키(村上春樹) / 28
무지개 / 8, 49, 51, 52, 53, 55, 60,
  62, 63, 64, 66, 68, 70, 71, 72, 75,
  76, 77, 78, 80, 81, 83, 84, 85, 86,
  87, 109, 110, 112, 113, 114, 115,
  119, 121, 129, 234, 256, 268, 269
무지보(穆済波) / 67, 68
문심조룡(文心彫龍) / 35, 37
미싱 링크(Missing-link) / 43, 180,
  203
밀란쿤데라(Milan Kundera) / 8

(ㅂ)

바오주(宝珠) / 149
바이충시(白崇禧) / 157
바진(巴金) / 7

반도(叛徒) / 116, 128
발레리(VALÉRY) / 13, 21
베이다오(北島) / 14, 15, 16, 17,
　30, 33, 35, 38, 255, 256, 258,
　259, 260, 263, 265
베이징(北京) / 151, 155
벤야민 / 261
벤즈린(卞之琳) / 8, 13, 20, 21, 23,
　41, 43
보격(meter) / 37, 260
부손(蕪村) / 28
부식(腐食) / 146, 181, 201, 205, 206,
　207, 223, 227, 228, 235, 239, 241,
　242, 243, 244, 247, 248, 249, 251,
　253, 254
북벌(北伐) / 57, 151, 155, 157, 173
북벌군(北伐軍) / 152, 169, 175
비흥편찬(比興篇贊) / 35

（ㅅ）

사마천(司馬遷) / 21, 22
사상 해방 / 73
사소설 / 224
사실성 / 64, 76, 77, 85, 87
사오보저우(邵伯周) / 90

사전저(四專著) / 90, 91, 92
상엽(霜葉) / 139, 140, 141, 170, 171,
　172, 176, 177
상엽홍사이월화(霜葉紅似二月花)
　/ 7, 139, 141, 142, 144, 149, 153,
　181
상징주의 / 8, 13
상친(商禽) / 43
상하이(上海) / 21, 50, 51, 54, 57,
　60, 60, 63, 66, 71, 73, 77, 97, 98,
　109, 111, 122, 122, 123, 124, 125,
　127, 128, 129, 131, 144, 150, 151,
　159, 168, 179, 181, 183, 185, 186,
　187, 188, 202, 209, 211, 214, 221,
　221, 246
샨베이(陝北) / 200
서양문학통론(西洋文學通論) /
　80
서자강(徐自强) / 87
선웨이웨이(沈衛威) / 67, 118
선총원(沈從文) / 8
성도덕 / 89, 99, 100, 102
소네트(Sonnet) / 12
손전방군(孫伝芳軍) / 169
송린(宋琳) / 17
송샤오룽(宋少榮) / 160, 161

송시엔팅(宋顯庭) / 160
수구가(手毬歌) / 107
수유기(繡襦記) / 168
수조행(水藻行) / 75, 89, 90, 91, 92, 93, 94, 95, 98, 99, 105, 107, 108
순우양(孫舞陽) / 88
순중톈(孫中田) / 90
쉬즈모(徐志摩) / 12
쉬팡(徐昉) / 66
시경(詩経) / 164, 165, 166
시관(詩観) / 36
시단(詩壇) / 14, 16
시부사와 다카스케(渋沢孝輔) / 17
시적 언어 / 8, 11, 19, 36, 39, 40, 42, 47, 255, 261, 269
시정(詩情) / 36
시체(詩體) / 12
신변쇄사(身辺瑣事) / 224
신장디화(新疆迪化) / 147
신지아(辛佳) / 184, 197
신판후기(新版後記) / 171, 174
신해혁명(辛亥革命) / 146
쑤베이사건(蘇北事件) / 240
쑤신지아(蘇辛佳) / 184, 190, 246

쑤저우허(蘇州河) / 184
쑤즈페이(蘇子培) / 184, 190, 246, 247
쑤치우쯔(蘇求知) / 246
쑨루(恂如) / 149, 151

(ㅇ)

아큐정전(阿Q正伝) / 93
아키요시 구키오(秋吉久紀夫) / 16, 24
안자이 후유에(安西冬衞) / 40, 41
압운(押韻) / 33, 37, 37, 261
애강남부(哀江南賦) / 165
애드가 앨런 포(E. A. POE) / 36
야마가미 마사요시(山上正義) / 93, 94, 102, 106
야마모토 사네히코(山本実彦) / 92
야샨(瘂弦) / 43
야초(野草) / 115, 233
야콥슨 / 263
양가성(ambivalence) / 69
에고이즘 / 162
에즈라 파운드(EZRA POUND) / 41

엘뤼아르(ELUARD) / 13, 16, 21, 22, 23, 24
여성해방 / 57, 120
연상 / 23, 35, 236, 237, 264, 264
연운집(煙雲集) / 89, 95, 98
예즈밍(葉子銘) / 90
옌보치엔(嚴伯謙) / 190, 192, 193
옌안(延安) / 147
옌우지(嚴無忌) / 157
옌종핑(嚴仲平) / 189, 190, 192, 193, 202, 203
옌지에시우(嚴潔修) / 247
옌지쩐(嚴季眞) / 191
오구마 히데오(小熊秀雄) / 47
오언이구(五言二句) / 29
완난사건(皖南事件) / 240
완칭(婉卿) / 149, 150, 152, 156, 159, 164, 165, 166, 167, 169, 170, 175, 176
왕민쯔(王民治) / 144, 151, 160, 160
왕보션(王伯申) / 150, 151, 160, 169, 176
왕종천(王中忱) / 143
왕팡(王芳) / 66
왕후이우(王會悟) / 69, 70

요사노 아키코(与謝野晶子) / 72
우경화(右傾化) / 173
우순푸(吳蓀甫) / 202, 209, 220, 223, 225, 227, 240
우푸휘(吳福輝) / 91, 92, 142, 148, 175
우한(武漢) / 139, 147, 184
원이둬(聞一多) / 12
원칭(文卿) / 168
웨이샤오창(魏紹昌) / 180, 199
웨이타오(韋韜) / 142, 143, 144, 145
위뤄커(遇羅克) / 257
윈다이잉(惲代英) / 57, 61, 76
유비(類比) / 35
유사성(similarity) / 32, 33, 39
유신(庾信) / 165
유엔윤센(袁運森) / 185, 193
유협(劉勰) / 35, 37
육조(六朝) / 37, 164
은유 / 33, 35
이상(李箱) / 9, 10, 40, 40, 42, 209
이성관 / 78
인메이린(愍美林) / 191
인접성(contiguity) / 32
일본 / 8, 9, 10, 11, 12, 13, 16, 19,

39, 43, 46, 49, 50, 57, 63, 66, 81,
89, 90, 96, 97, 99, 106, 107, 108,
109, 110, 111, 116, 118, 122,
123, 124, 125, 127, 129, 131,
132, 139, 144, 151, 151, 152,
158, 160, 161, 162, 164, 180,
185, 191, 210, 211, 225, 265,
266, 267, 268, 269
임가포자(林家鋪子) / 205, 208, 210,
212, 215, 219

(ㅈ)

자야(子夜) / 180, 201, 205, 207,
208, 209, 211, 211, 212, 213,
214, 216, 217, 218, 220, 227,
240, 244
자연주의 / 79, 83, 223
자오디(招弟) / 153
자오보타오(趙伯韜) / 227
자오쇼우이(趙守義) / 150, 153
자오쇼이(趙守義) / 173, 176
자오지우커(趙克久) / 192
자오휘밍(趙惠明) / 181, 201, 227,
228, 229, 230, 232, 233, 234,
235, 236, 237, 239, 243, 244,
248, 249, 250, 251, 252, 254

장가(張家) / 149, 160, 167
장난(江南) / 149, 151, 209
장제스(蔣介石) / 157, 158
장종칭(莊鍾慶) / 77, 90, 100
장진주에(張今覺) / 152, 155, 156,
175, 176
장치우리우(章秋柳) / 88
전형화(典型化) / 66
정밀성(accuracy) / 19
정위엔허(鄭元和) / 168
정조론(貞操論) / 72
정초우위(鄭愁予) / 43
정합성(整合性) / 141, 153, 164, 170
제일계단적고사(第一階段的故事)
/ 146, 180, 187, 188, 199, 201, 244
조우웨이신(周為新) / 191, 193
좌익분자 / 111
주상강위(走上崗位) / 179, 180, 181,
184, 186, 188, 189, 192, 193, 194,
195, 199, 201, 203, 244
주샹(朱湘) / 12
주싱지엔(朱行健) / 150, 172
주유(周瑜) / 168
주징푸(朱兢甫) / 182, 183
중화인민공화국 / 13, 148

지아바오(家宝) / 153
지에슈(潔修) / 184, 191, 195, 197, 198
지우장(九江) / 49, 131
지팡(継芳) / 150
진펑지에(金鳳姐) / 222, 245
징잉(静英) / 150, 151

(ㅊ)

차이나미스트(China Mist) / 15
창샤(長沙) / 147
천샤오만(陳小曼) / 144
천왕다오(陳望道) / 50, 57, 110
천창(遷廠) / 181, 187, 188, 191
청명전후(清明前後) / 180, 201
청위성(陳愚生) / 57
체포령 / 50, 111
첸커밍(陳克明) / 183, 191, 192, 193
초현실주의 / 8, 13, 18, 35, 36
춘잠(春蚕) / 208, 209, 215, 217, 220, 225, 226
충칭(重慶) / 53, 60, 61, 147, 228, 240
치엔가(錢家) / 149, 150, 153, 167
치엔량차이(錢良材) / 150, 151, 152, 156, 157, 167, 173, 175, 176, 177
치엔쥰렌(錢俊人) / 167
치우민(秋敏) / 73
치파오 / 88, 236, 237, 238
친더쥔(秦德君) / 8, 49, 50, 53, 55, 56, 57, 59, 60, 61, 62, 63, 64, 66, 67, 70, 83, 85, 87, 109, 110, 111, 112, 113, 114, 115, 116, 118, 120, 121, 123, 125, 126, 127, 128, 134, 158, 268, 269

(ㅋ)

카오스 / 8, 173
콩더즈(孔德沚) / 69, 87, 124, 126, 127, 133

(ㅌ)

타오주공(陶朱公) / 169
텍스트 / 27, 76, 85, 140, 175

(ㅍ)

파울 / 16
판슝페이(樊雄飛) / 173, 177

팡뤄란(方羅蘭) / 173
팡쯔민(方志敏) / 240
펄벅 / 94, 99, 101, 105, 108
펑가(馮家) / 150
펑더화이(彭德懷) / 240
펑매판(馮買弁) / 168, 169
펑메이셩(馮梅生) / 168
펑운친(馮雲卿) / 214, 221
펑치우팡(馮秋芳) / 160, 162, 168
펑투이안(馮退庵) / 144
평측(平仄) / 29, 37
포(POE) / 36
표고모(表姑母) / 69, 70
플로베르 / 78, 80

（ ㅎ ）

하루야마 유키오(春山行夫) / 42
하이쿠(俳句) / 29, 37
한커우(漢口) / 184, 186, 191
항일전쟁기 / 179, 201, 205
해은헌(偕隱軒) / 167
허광(和光) / 165, 166, 167
허룽(賀龍) / 240
허멍잉(何夢英) / 184, 185, 193, 194,

195, 199, 200, 201
허야오시엔(何耀先) / 187, 202
허치팡(何其芳) / 12
현대소설 / 7, 11
현대시 / 9, 11, 12, 15, 16, 17, 18,
35, 38, 39, 40, 43, 43, 46, 261, 265
혼다 / 107, 108
홍루몽(紅樓夢) / 7
홍콩(香港) / 90, 115, 115, 116, 147,
155, 187, 206
화법(narrative) / 7, 207
황가(黃家) / 149, 165, 165, 167
황인밍(黃因明) / 74, 86, 87
황허광(黃和光) / 150, 151, 152,
164, 169
회고록 / 53, 54, 59, 60, 61, 62, 63,
92, 95, 111, 112, 113, 114, 116,
117, 123, 124, 128
후궈광(胡国光) / 173, 221, 222, 245
후란치(胡蘭畦) / 49, 54, 56, 57,
58, 59, 60, 61, 62, 63, 66, 67, 70,
113, 114, 119, 120, 129
후베이성(湖北省) / 214
후스(胡適) / 12
후칭촨(胡清泉) / 191, 192, 193
훙커우(虹口) / 185, 198

지은이 소개

┃ 고레나가 슌(是永駿)

일본 국립오사카대학에서 언어문화학박사 학위를 받았으며, 국립 오사카외국어대학 총장과 리츠메이칸 아시아태평양대학(APU) 총장을 역임했다. 제29회 시마자키 토슨기념역정상(島崎藤村記念歷程賞)을 수상했다. 대표적 저역서로는 『茅盾小説論─幻想と現実─』, 『中国現代詩三十人集─モダニズム詩のルネッサンス』(編著), 『中国二○世紀文学を学ぶ人のために』(共著) 『芒克詩集』(訳書), 『現代中国詩集(海外詩文庫)』(共編), 『台湾現代詩集』(共編), 『北島(ペイ・タオ)詩集』(訳書) 등이 있으며, 이 밖에 다수의 논저가 있다.

감역자 소개

┃ 김찬회

리츠메이칸 아시아태평양대학 교수, 부총장, 문학박사

역자 소개

┃ 정종희

리츠메이칸 아시아태평양대학 강사

┃ 박희영

대진대학교 교수, 문학박사